Ayumu & Kiichi
「不浄の回廊」

Chara

不浄の回廊

夜光 花

キャラ文庫

この作品はフィクションです。
実在の人物・団体・事件などにはいっさい関係ありません。

目次

口絵・本文イラスト／小山田あみ

自分が見ているものと他人が見ているものが違うと気づいたのは、天野歩《あまのあゆむ》が小学生の頃だった。

一緒に遊んでいる友達は、薔薇《ばら》の花壇に見え隠れする小さい人も見えないし、校門脇《わき》に立っている青白い顔をした中年男性も、十字路で泣いている少女も見えないと言う。不思議に思って歩が父である昭光《あきみつ》に尋ねると、昭光は困った顔で「遺伝だな」と呟《つぶや》いた。

「父さんも見えるけど、ふつうの人は見えないんだ。だからよそでこのことを喋《しゃべ》るなよ。変な目で見られるからな」

父は子どもの頃に『他人には見えないもの』のせいで苛《いじ》められた経験があり、歩にはくどいほどよそでは変なことを喋るなと忠告してきた。分からないなりにもあまりよくないことなのだろうと感じ、歩は身内の前以外でそれに関する話をしないようにした。

中学生に上がる頃になり、自分がいわゆる霊能力というものを持っていたのだと気づいたが、その頃には子どもの時分のように見えなくなっていた。あれだけうるさかった人ならざるもののざわめきもぴたりと止《や》み、空き家の窓に見え隠れする黒い影もいなくなった。成長するとこういう能力は自然と消えていく人が多いらしい。父は少々がっかりしたようだが、歩としては精神的に疲れるのでホッとしていた。

このまま過ごしていれば歩はふつうの人として一生を全うしたに違いない。

人生に分岐点があるとすれば、歩の最初のそれは中学三年生――西条希一《さいじょうきいち》に出会った時だ。

今でも時々希一に出会わなければどういう人生を送っただろうかと物思いに耽《ふけ》ることがある。

仮定の話は好きではないが、それでも時々そんなふうに考えてしまうくらい、希一との出会いが自分の人生の方向性を決めた気がする。

中学三年生の春。

受験を控えた年に、それはやってきた。


三年生になりクラス替えが掲示板に貼り出された最初の日、歩は自分の名前が3―Cにあるのを見て心底ホッとしていた。

Cクラスのメンバーを見れば、去年同じクラスで仲のよかった男女の名前がある。毎回クラス替えの時期には、今年一年をどうやって乗り切るかと憂鬱《ゆううつ》になっていただけに、これは朗報だった。貧弱な身体に地味な容姿の歩は苛めっこに目をつけられやすい。おまけに勉強が特にできるわけでもなし、スポーツにいたってはからきしという、いいところがまるでない人間だ。苛めっこにとっては優越感に浸れるかっこうの存在といっていいだろう。だからなるべく大人しそうな仲間と群れて目立たず中学生活を終わらせたかった。そういう意味ですでに友人がいるというのは幸先《さいさき》のいいスタートだった。

「おはよー、ピース。今年も一緒だねー」

Cクラスの教室に向かうと、途中で去年も同じクラスだった坂本《さかもと》が声をかけてきた。ピースというのは歩のあだ名だ。いつも笑って『平和にいこうよ』と口癖のように言っていたら、いつの間にかピースと呼ばれるようになっていた。笑顔を絶やさないのは、父にそう命じられたからだ。小さい頃苛められっこだった父は、自分の子どもの頃とそっくりな歩を心配したのだろう。やたらと苛められないためにはどうするか、という教えを歩に伝授してきた。その一つが常に笑顔でいる、というもので、小さい頃からそうしていたのですっかり癖になってしまった。

「ピースがいてホッとしちゃったよ。今年もよろしくな」

坂本と歩いていると背後から背中を叩《たた》かれて河原《かはら》も話しかけてきた。度の強いメガネをかけた男子だ。

「俺も二人がいてよかったぁ」

歩も笑って答え、初めての三年生の廊下に足を踏み入れた。四階建ての校舎の一階に三年生の教室がある。今まで一度も踏み入れたことのない領域に入るのは、新鮮な感じだ。

「あっ、もう席が貼り出されている」

Cクラスに入ると、黒板に席順が貼り出されていた。自分の名前を探し、歩は窓際の前から四番目という席を確認した。窓際というのはなかなかいい場所だ。今年の自分は本当についているかもしれない。

高揚感を覚えながら自分の席に向かった歩は、どきりとして歩いていた足を止めた。

(うわ…っ)

窓から春の爽《さわ》やかな風が流れてくる。目の前に座っている男子生徒の前髪がわずかに揺れ、涼しげな顔が視界に飛び込んできた。

印象的な雰囲気を持った男子生徒だった。整った顔に冷めた表情を浮かべて窓の外を見ている。意思の強そうな眉をして、襟元はごく最近散髪したのだろうと思わせるほどにすっきりとしていた。肩幅が広く、身体つきはもう大人のそれに近く、着ている学ランは窮屈そうだ。

だが歩の目を奪ったのはそれだけではない。

「――――何?　何か用」

ぼうっと目の前に座っている男子を見つめていた歩は、面倒そうに問われ、ハッと我に返った。

「あ、い、いや、な、んでも」

露骨に邪魔くさいという目で見られ、久しぶりにろれつが回らなくなってしまった。恥ずかしくなって慌ててその後ろの席に着くと、懸命に鼓動を鎮めながら歩は前にいる男子の背中を凝視した。

こんな感覚はどれくらいぶりだろう。歩はなかなか鎮まらない鼓動に怯《おび》えて、両手を握り合わせた。

――黒い影が見える。

歩はそれが勘違いでも目の錯覚でもないのを確かめ、動揺した。目の前にいる男子の背後に、ぼんやりとだが黒い影が見えるのだ。それが何かよく分からないが、あまりいいものでないことは確かだ。怖気《おぞけ》が立つような邪《よこしま》な存在が、確かにそこにある。他の人には見えないだろうが、絶対に何かいる。確信して歩はこわごわと目の前の席に座る男子を見つめた。小さい頃あった霊能力が、今頃出てくるとは思わなかった。中学生になった頃すっかり消えたと思ったのに。

「はよーっす。全員揃《そろ》ったか？　ほら席に着け」

がらりと乱暴な音と共に教室のドアが開いた。担任の飯田《いいだ》だった。野球部の顧問でマッチョな体格をしたがさつな教師だ。

「そんじゃ名前と自己紹介からな」

クラス全員が席に着くと、飯田が名簿を広げて嬉々《きき》として告げた。生徒を立たせて自己紹介というのは通過儀礼だと思うが、歩のもっとも嫌いな行為だ。クラス全員の視線が自分に集中していると思うと、緊張で上がってしまい言葉が詰まりそうになる。ただ今日に関して言えば、目の前にいる男子の名前が分かるチャンスだった。こんなことを言うと同じクラスなのだし自分で聞けばいいじゃないかと思うだろうが、先ほどの『何か用？』というそっけない言葉だけでヒットポイントが半分くらい減ってしまった歩にとって、親しくもない相手に名前を聞くという行為はラスボスとの対戦くらい大きな戦いになる。

「西条希一です」

ドキドキして目の前の男子の紹介を待っていた歩は、低い淡々とした声を聞き、急いでその名前を暗記した。

西条は自分の名前だけ告げると、さっさと席に座ってしまう。それまでの生徒が趣味や特技を告げていただけに、一瞬しんとクラスが静まり返った。

「おいおい、それだけかよ。何か趣味とかないのか？　部活とかさ」

西条の淡白さに呆《あき》れ、飯田が突っ込みを入れる。

「ないです」

臆した様子もなく西条が返答する。今の返事でクラス全員が西条を一癖ある奴、と認識した。

飯田は野球部顧問をしているだけあって、生徒からは怖がられている教師だ。それに対し何の気負いもなく全身で『面倒くさい』という雰囲気を発して答えている。さすがに飯田は眉を顰《しか》めたが、初日から険悪なムードを作るのは控えたのだろう。仕方なさそうに顎《あご》をしゃくり、

「そんじゃ次」と歩を指した。

「え!?　あ、あ…えーと天野歩です！」

西条に気をとられて自分の番だというのをすっかり忘れていた。慌てて歩は立ち上がり名前を名乗ったが、焦ったせいか椅子《いす》が派手に横に倒れてしまった。とたんに先ほどの静寂の反動もあって、クラスの人間がどっと笑い出す。歩の慌てぶりが面白かったのだろう。

「す、すいません」

急いで椅子を直していると、近くにいた女子から「ピース、がんばって！」と声がかかる。

「ピース？」

飯田が面白そうな顔で顎を撫《な》でる。

「天野君のあだ名です。ピースって呼ばれてたんだよね」

楽しげに告げたのは、去年も同じクラスだった佐々木果穂《ささきかほ》という女子だった。明るくてクラスでもリーダー格の女子で、去年も時々歩をからかって遊んでいた。

「へぇ、それいいな。じゃあ俺もピースって呼ぼう」

飯田が告げてクラスの雰囲気も和み、何となく座ってもいいような流れになった。自然と後ろの席の人の自己紹介に移り、歩は安堵《あんど》して席に着いた。果穂のおかげで救われた。

ふと前を見ると、西条はつまらなさそうに窓の外を見ている。

(アウトローだ…。うわーこれは大変なのが前に来た…)

西条の傍《そば》にうっすらと黒い影があるのをもう一度確認し、歩は戦々恐々とした。

た存在だった。
三年生の一学期が始まり、大体クラスの面々が把握できた頃になっても、やはり西条は浮いた存在だった。

西条の傍から離れない黒い影は、他の生徒には見えないようだったが、しばらくして他の女子生徒が「西条君って影があって、かっこいいよね」と話すのを聞き、はっきり見えないなりに感じ取っている人はいるものだなぁと感心した。

「あいつ、小学校から一緒だけど昔からああだよ」

西条の話題が出てきて南野《みなみの》というサッカー部の男子がしたり顔で話し始めた。

放課後教室に残って体育祭で使ううちわの色塗りをしていた。うちわは応援合戦で使う物なのだが、赤系なら何でもいいと言われ、果穂は蛍光ピンクのマジックでうちわを塗りつぶしている。赤とピンクは違うと言おうかと思ったが、果穂が熱心なので黙っておいた。

「そんな昔から、あんなクール君なの?」

河原が揶揄《やゆ》するようにメガネを指で押し上げる。

「そうそう、いつも一人で行動してるしさ。何しても冷めた顔してるし、あのいけすかない態度だろ。一年の時はしょっちゅう先輩に呼び出されてたよ。けっこう喧嘩《けんか》が強いみたいで、ますます生意気って言われてたけど」

南野の話にその場にいた男女が「へぇー」と興味深げに身を乗り出す。

「でもかっこいいよね。影がある感じも素敵」

果穂と仲のよい一宮《いちみや》が机に頬杖《ほおづえ》をついて呟く。

「親父《おやじ》さんが二、三年前に亡くなったって聞いてる」

南野の情報で一気に女子たちの同情が集まった。

「そうなんだぁ。きっと寂しいのよ、本当は」

一宮と果穂は楽しげに西条の話をしている。西条が寂しがっているようにはあまり見えなかったが、反対意見を言うほど歩も馬鹿ではない。歩は赤く塗ったうちわをくるくると回しながら、皆の会話に聞き入っていた。何を言ってもそっけない反応しかしない西条が気になるのは、やはり顔がいいからだろう。もしこれが自分だったら、今頃クラスの嫌われ者になっていたに違いない。美形は得だ。

「ピースと正反対だよな」

唐突に南野に言われ、歩は戸惑って目を丸くした。

「そ、そう…?　かな…?」

どういう意味か分からなくてへらへら笑って頭を掻《か》くと、果穂ができたてのピンク色のうちわを縦にして頭をぽこんと叩《たた》いてくる。

「何だよー、痛いなー」

「笑ってるから痛くないんじゃん。あーあ、ほんと西条君もピースの半分でも笑ってくれればいいのにな」

果穂は歩を弟のように思っているらしく、時々こうしてじゃれてくる。うちわが当たった頭を掻いて、歩は苦笑した。

「そうだねぇ」

そういえば西条の笑顔など見た覚えがない。自分と違って笑えばすぐさまクラスの人気者になれそうなのに。

果穂には同調してみせたが、この頃歩は西条のことを特別に好きだったわけではない。気にはしていたが、むしろ常にまとわりついている黒い影を見るにつけ、それが自分に害を及ぼさなければいいという自己保身でいっぱいだった。

それが三ヶ月を過ぎた辺りで、黒い影は西条にこびりついて離れないというのを確信し、ようやく冷静に西条自身を見られるようになった。すでに西条の背中を見るのが癖になっていて、授業に飽きたり暇になったりするとぼけっと西条を眺めていた。西条とは席が前後だというのに、ほとんど喋ったことがない。プリントを回す時に短い言葉を交わすくらいで、果たして相手が自分を認識しているのかすら怪しかった。

その西条が夏休み前になり、時々ちらりと後ろを振り向くようになっていた。目が合うとドキッと鼓動が跳ね上がるようなきつい眼差しだ。視線が合うたびにとっさに下を向いてしまうほど、西条の瞳は人を射竦《いすく》める。

　体育の授業の時や教室で友達と喋っている時も視線がぶつかることが多くなった。一人で勝手にドキドキしていると、ある日すれ違いざまに「お前、視線強すぎ」と忌々《いまいま》しげに呟かれた。

　この時の心臓を握り潰《つぶ》されたみたいな衝撃は筆舌に尽くしがたい。歩は覗《のぞ》き見の現場を押さえられた変質者にでもなった気分で真っ青に竦《すく》み上がった。

「ご、ごめん！」

　大声で謝ったとたん、傍にいたクラスメイトが不審気に歩に視線を向けた。西条も振り返り、かすかに戸惑った顔で歩を見る。西条は何か言うかと思ったが、そのまま無言で立ち去り、後には何事だという顔をした生徒たちが残された。

「あ…、あのちょっとぶつかっちゃって…」

　友人にごまかした後で、何も真正直に認めなくてもよかったのではないかと遅まきながら気づいた。視線などというあやふやなものなのだから、しらを切って『意味が分からない』という顔をしていればよかったのだ。馬鹿正直に謝って、これでは西条をいつも見ていたのがばればれだ。

（あーもう、俺ってバカバカ）

　自己嫌悪に陥り、その日からなるべく西条を見ないようにと自分を戒めた。だが西条の背後にある影は存在感が強く、見たくないと思っても視界を過《よ》ぎると目が吸い寄せられてしまう。

「どうすればいい？」

思い余って父に相談すると、明るい顔で明朗な答えが返ってきた。

「遠くから見てるから変質者みたいなんだ。友達になればいいだろ」

それができれば苦労はない。

歩が悶々《もんもん》と考え込んでいるうちに、夏期休暇が訪れた。歩は父から何も期待されていないという理由もあって夏期講習も塾も通っていない。成績は地を這《は》っていたが、「別に高校に行かなくてもいい」と前から言われていたので気楽なものだった。一応志望校はあるものの、ランクは低く、馬鹿でも入れると噂の学校だ。

そんな歩だったが、学校で特別に行われた数学の補習授業だけは無料だったので受けた。クラスの三分の一程度の人数が集まり、三日間朝から夕方まで数学を学ぶ。参加してみて驚いたのだが、西条が来ていた。西条は成績はかなりよかったので、てっきり外部の講習を受けるものと思っていた。

「三日間、よくがんばったな。今日はついでに肝試しをやるから、お前ら全員残れよ」

三日目の授業が終わった後に、数学の宇崎《うざき》が楽しげに言い出した。とたんに教室にいた生徒全員の歓声と悲鳴が混じり合った。歩は悲鳴を上げたほうだ。

「何でそんなことすんの？」

南野が面白そうな顔で尋ねている。南野はサッカー部をこの夏で引退して暇になったからという理由で補習に参加していた。

「朝から晩まで答えの出るものにどっぷりと浸っただろ。バランスをとるためにも、答えの出ないものに触れる必要がある」

真面目な顔で宇崎が述べている。意味はよく分からなかったが、そんなことよりも肝試しというイベントに参加するほうが問題だった。夏の風物詩だか何だか知らないが、皆よく知りもしないで暢気《のんき》すぎる。小さい頃からそういった存在を見てきた歩にとって、わざわざ霊の集まりそうな場所へ足を運ぶのは自殺行為に等しかった。最近は見えなくなったといっても、西条の例もあるし、何かいる雰囲気というのは分かるものだ。それに霊たちは騒がれるのを嫌う。女子たちが面白おかしくキャアキャア騒げば、怒って報復だってしてくるというのに。

学校の食堂で補習を受けたメンバーで食事をした後、歩は他の生徒の群れからそっと外れ、先に帰ろうとした。存在感の薄い歩だから、いなくなってもどうせばれはしないだろうと高をくくっていた。

「あ…っ」

バッグを持って下駄箱に向かうと、歩はびっくりして声を上げてしまった。歩より早く、同じ行動をとっている生徒がいた。——西条だ。

西条は歩の声に顔を上げ、いくぶん驚いたような顔で見つめてきた。

「……か、帰るの？」

思い切って声をかけると、西条が下駄箱を開いて「ああ」と呟く。

「くだらねぇから帰る」

ぽつりとこぼして西条が靴を取り出す。西条が答えてくれたことに気分を高揚させ、歩は自分も下駄箱から靴を取り出した。

「そ、そうだよね…っ」

「お前は？」

何気なく聞かれて、歩は「お、俺も」と急いで答えた。西条の目が意外だな、という色を浮かべ、歩は靴を履くという単純な行為に手間取ってしまった。西条と会話している。それが不思議でたまらなかった。てっきり自分なんかとは喋りたくないんだと思っていた。もしかして一緒に帰ってもいいだろうか。ぐるぐる回る思考に焦りを覚えた時、背後からどきっとする大声が飛んできた。

「こらーっ、強制参加だと言ったろーが!!」

宇崎が目を吊《つ》り上げて足音も荒く下駄箱へやってくる。歩は飛び上がって驚き、西条は軽く舌打ちした。

「何だ、西条、天野！　勝手に帰るんじゃないっ、特に西条、お前はクラスでも浮いてるんだから少しは他の奴らと仲良くせんか」

宇崎が逃げようとする西条の首根っこを摑《つか》んでまくしたてる。歩は宇崎の怒鳴り声に竦み上がってしまってその場に突っ立って震えていた。

「肝試しなんてガキくせぇだろ。もう帰らせろよ」

ふてくされた顔で西条が呟くと、宇崎が「何言ってんだ、このガキが」と大笑いする。

「そんなこと言って、西条。本当はお化けが怖いんだな？　クールぶってるから、びびったところを見られたくないんだろ？」

宇崎がからかい始め、当然のように西条はムッとした顔で睨《にら》み返す。

「怖くねぇよ。バカバカしいだけだ」

「そーか、そーか。西条はそんなに怖がりか。早く帰りたいなら一番手にしてやるよ。それで天野、お前は何で帰ろうとしたんだ？」

「あ、あの僕は本当に怖いです…」

正直に告げると、一瞬宇崎と西条が黙り込み、ついで笑い始めた。宇崎の大声で笑う姿はよく見るから何とも思わないが、西条までが噴き出したのは呆気《あっけ》に取られた。それほどおかしなことを言ったつもりはないのに、どうして二人が笑うのか分からない。

「ははは、見ろ西条。天野が可哀相だと思わんか。一番手はお前ら二人にしてやるから、もう少し付き合いなさい。な？」

宇崎に説得され、西条が仕方なさそうに笑って歩を見た。初めて見る笑顔は悪いものではなかった。いや、正直に言えばドキドキするほどいい顔だった。整った顔は冷たく見えるが、笑うと甘くなり男の歩も目を奪われるほどだった。

宇崎に引っ張られ再び教室に戻ると、「ピース、どこ行ってたの？」と果穂が尋ねてきた。いなくなってもばれないと思っていたので、問いかけは面映《おもはゆ》いものだった。

補習参加者の肝試しは、学校の隣にある森を突っ切って神社にお札を置いてくるというものだ。夜の神社は特に浮遊霊が集まりやすいと父から聞いた。そんな場所へなど行きたくない。心が憂鬱になってきたが、この場で逃げるのは別の勇気がいる。

さらに何故《なぜ》か西条と組まされて神社に行く羽目になってしまった。西条の後ろについている黒い影が増長しないのを祈るばかりだ。

「ピース、西条君となんだ。いいなー」

日が翳《かげ》り、森の入り口辺りに集まってくじを引き、肝試しの順番を決める。西条とペアだと知り、果穂は代わってほしそうだった。歩としても代わってやりたいが、西条の黒い影を思えば果穂に変な災いが起きないとも限らない。結局あいまいな顔で一番手を飾ることになり、歩はうろうろと視線をうろつかせた。夜の七時になったがまだ辺りは夕焼け雲が覆っている。早く今のうちに行かせてくれと宇崎に視線を送ってみたが、まったく開始の合図をしてくれなかった。

「やだー、マジで出たらどうする？　神社の近くの池辺り怪しくない？」

「そんなこと言わないでよぉ、怖くなったぁ」

女の子たちは泣きそうな声で騒いでいる。肝試しは宇崎の計らいか、歩たち以外は皆男女のペアだ。中学生最後の夏に、カップルでも作ってあげようという魂胆かもしれない。

「なぁー変な霊とかに取り憑《つ》かれたらどうする?」

南野は果穂とペアになれて興奮している様子だった。わざと果穂を脅かすような発言を先ほどからしている。対して果穂の反応はあっけらかんとしていた。明るい顔で、——歩を凍りつかせる台詞《せりふ》を吐こうとする。

「そんなの、平気だよ。だってさぁ、ピースのお父さんは…」

「わーっ‼」

大急ぎで果穂の発言を掻き消すように大声を上げた。突然のわめき声に皆がびっくりして振り向き歩を見つめる。

「な、なんか今背筋がぞくっとしちゃって…っ」

歩が真っ赤になって大声の言い訳をすると、ホッとした顔で女の子が笑い出した。

「ピースの怖がり」

笑ってからかわれ、歩は頭を掻いてわざとらしく腕時計を眺めた。危なかった。あと少しで父の職業がばれるところだった。以前何気なく聞かれた時に果穂にうっかり喋ってしまったのを忘れていた。

「ごめん、もしかして言っちゃいけなかったんだ?」

しばらくしてこっそりと果穂が両手を合わせて謝ってくる。小学生の時、父の職業のせいでつまはじきにされ、友達ができなかった時期がある。つい果穂の言葉に過剰に反応してしまった。

「ご、ごめん、できたら内緒にして…」

笑って小声で告げると、果穂が真面目な顔で頷いた。

「西条君、平気そうな顔してるけど怖くないの？」

珍しくイベントに参加している西条に、興味深げに女子たちが声をかけている。今まで近寄りがたかったので仲良くなるチャンスだと思ったのだろう。聞くとはなしに歩も会話を聞いていた。

「――俺、霊とかそういうの信じてないから。そういう話するのも嫌い」

ばっさりと冷めた表情で西条が告げる。取りつく島もない答えに女子が顔を引き攣《つ》らせる。同じくらい顔を引き攣らせて、歩は思わず西条に声をかけた。

「何でそんなに嫌いなの？」

歩の問いに西条は嫌悪すら感じさせる表情で答える。

「目に見えないものは信じない。だからそういう見えないものを語ってる奴も嫌い。霊がいるなんて言う奴は悪徳商法と一緒だろ。くだらねぇこと聞くなよ」

その返事に歩は凍りつき、どっと冷や汗を流した。急に今まで自分が変な話をしていなかっただろうかと気になった。西条がそこまで嫌っていたなんて。

(果穂の言葉を遮っておいてよかった…)

内心胸を撫で下ろして歩は冷や汗を拭《ぬぐ》った。歩の父は西条のもっとも嫌う職業についている。これはもう絶対に西条に実家の話はできない。

「よーし、そろそろ始めるか。十五分ごとに出発するぞー」

宇崎の号令がかかり、歩はのろのろと足を進めた。


宇崎や他の生徒に見送られ西条と夜の森を歩き出した。

西条は霊を信じてないと言っていたが、それを肯定するかのように平然とした顔でさっさと歩いている。歩は辺りを窺《うかが》いながらの歩きだったので、自然と遅れがちで時々西条が立ち止まって待たねばならないくらいだった。

夜の森は暗くてよく見えないし、木々が生い茂っているし、変な生き物の影が過ぎるし、何よりもあちこちに鳥肌が立つような気配があって、歩はびくびくと身体を震わせていた。西条の制服のシャツを摑んで歩いていたのに気づいたのは、五分も経ってからだった。気づいたのは西条の背後にへばりついている黒い影が若干大きくなった気がしたからだ。

（やばいよぉー、同調して変な霊までくっついてるよー）

西条を見ると肩が重いのか、しきりに肩を揉《も》んでいる。とっさに歩が西条の背中を強く叩くと、ハッとした顔で西条がつんのめりそうになった。

「何だよ?」

唖然《あぜん》とした顔で西条が振り向く。父から教わった応急処置で背中を叩いて霊を追い出すというのがあった。そのおかげか無関係の浮遊霊がすっと消えていく。歩は安堵して笑った。

「あ、ごめん…。虫がいたんだよ」

笑ってごまかすと西条は釈然としないながらも再び歩き出した。肩の違和感はなくなったようだ。

「ご、ごめんね。俺なんかと組んじゃって」

黙って歩いていると暗い気分になってよくないと悟り、歩はなるべく明るい声を出して西条に話しかけた。

「他の女子なんか西条君と組みたがってたのに…、ほら西条君はかっこいいから人気が…」

「興味ねぇよ」

せっかく歩が話を振っても、西条はどうでもよさげに懐中電灯で地面を照らしている。西条の無碍《むげ》な態度に焦りつつ、歩は何か他に話題はないかと頭を巡らせた。

「さ、西条君は、でも、かっこいいよね。一人でも平気なんだから…」

懸命に西条と歩調を合わせ、西条が明るくなる話題を探す。暗い気分でいると霊が寄りやすい。明るい気分でいるためには西条を褒めるのが一番いいと思い込み、思いつくままに喋り始めた。

「俺なんか苛められるの怖くてそんなふうにできないよ。西条君にちょっと憧《あこが》れるというか…、強いなぁって思うし、羨《うらや》ましいっていうか」

乏しい語彙《ごい》で必死に西条を褒め続けたが、西条の反応はない。もしかして怒らせているのだろうかとこわごわ横目で見ると、西条はそっぽを向いている。怒っている様子はなかったのでひとり言に近い状態で西条に語り続けると、いきなり頭を叩かれた。

「な、な、何…っ⁉」

けっこう強めに頭を叩かれて、目を丸くして西条から飛び退《すさ》った。

「何かイラッとした」

じろりと見られて怯えて身を竦めると、ふっと西条の表情が弛《ゆる》む。

「ろくに喋ったこともねぇのに、よくそんなに俺のこと語れるな。お前」

西条の口元が弛み、呆れたような顔で笑った。本日二度目の笑顔に、歩はどきりとして赤くなった。殴られたから怒っているのかと思ったが、そうでもないらしい。がぜん西条への好意が芽生えてきた。もしかしたら友達になれるかもしれない。そう考えて笑顔で西条を見る。

「ご、ごめんよー」

「いつもへらへらしやがって、てめぇ制服がでかすぎんだよ」

ぐしゃぐしゃと髪を乱され、「大きくなると思ったんだ」と答えているうちに神社に辿《たど》り着いた。長い石段をかけっこして上る。当然西条のほうが速くて追いつけなかったが、ぜいはぁと息を切らして上りきった歩を見て西条が笑ったのが嬉《うれ》しくて笑顔になる。夜というのは人を素直にさせる力があるのかもしれない。急速に西条と親しくなれた気がして歩は気分を昂《たか》ぶらせていた。

「とっとと帰ろうぜ」

お手製の札を神社の正殿の前にある賽銭《さいせん》箱の上に置く。西条は懐中電灯で辺りを照らし、まごついている歩を促した。早くこんな場所を去りたいというのは歩も一緒だったが、とりあえず神社を騒がした詫《わ》びをご神体に語らねば帰れない。

「ちょっとだけ待って」

正殿に向かって手を合わせ、胸の内で詫びを述べる。少々時間がかかりすぎたかもしれない。振り向くと西条は石段のところまで戻っていた。急いで西条を追いかけ、西条の黒い影が膨れ上がっていないのを確認する。

「待ってよー」

歩の声にちらりとだけ振り返り、西条が石段の下へ消えていった。その姿を見失わないように歩は全速力で駆け出した。

夏休みの間に西条とはもう一度会える機会があった。

しょっちゅう西条のことを考えていたので、神さまが会わせてくれたのかもしれない。

父の手伝いで近くの山に山菜を採りに行った帰り道だった。すでに日が沈みかけ、辺りはぼんやりと赤く染まっていた。逢魔《おうま》が時《とき》というが、この時間帯は人と魔の境界線があやふやになると言われている。偶然見かけた西条は、白いシャツに黒いズボンを穿《は》いて青白い顔をして歩いていた。偶然出会えたのが嬉しくて、父と分かれ西条の後を追った。すぐに声をかけるつもりだったが、西条が振り返りもしなかったので少し間をあけてずっと後ろをくっついていた。

西条はやや俯《うつむ》きながら歩き続け、やがて近くの高台へ向かった。長い階段を上らねばならないが、市街地を見渡せる絶景ポイントがある。階段は何度か折れ曲がっていたから、途中で西条は気づいてくれると思った。ところが西条はわき目もふらずに上り続け、とうとう一番上に着くまで歩に気づかなかった。

高台の上には人の気配はない。造った当初は観光客も来たようだが、最近では老朽化が進んで地元の人間でもめったに訪れない場所になっている。コンクリートもところどころ剝《は》がれ落ち、フェンスも破れて修復されていない。夕日に照らされて高台は物寂しげな様相を見せていた。西条はどうしてこんな場所に来たのだろう。

「西条君」

フェンスに手をかけ、じっと遠くを見つめている西条に、歩は思い切って声をかけてみた。とたんに驚いた顔で西条が振り返り、歩を凝視してきた。本当に今まで後ろにいたのに気づいていなかったんだなと思い、歩は愛想笑いを浮かべた。

「西条君の姿が見えたから、ついてきちゃったんだ。西条君、こんなところに来てどうしたの？」

西条の強張《こわば》った顔を見たら、声をかけられたくなかったのは一目瞭然《いちもくりょうぜん》だった。いけないものを見てしまったのかもしれないと焦りを感じつつも、歩は西条と並んで街を見下ろした。

「……一人になりたくて来たんだよ」

しばらくして西条が忌々しげに呟いた。この時の歩は本当に頭の回転が悪く、西条の言葉の意味など一つも理解していなかった。

「そうなんだー」

今なら一人になりたいからどこかへ行け、という意味だと分かるが、当時の歩にそこまでの発想はなく、ただ感心して頷いていた。一人になりたい、なんて西条君はニヒルで格好いいなと馬鹿な考えを浮かべていたくらいだ。だからもちろんその場を去るわけでもなく、西条と並んで少しずつ灯《とも》っていく街の明かりを見つめていた。

残照が西条の頬を照らす。西条の整った横顔を眺め、別世界の人のようだと見惚《みと》れていた。同級生が気になる女子に見惚れるように、この頃の歩は西条の顔を見るのが好きだった。テレビの中に出てくる特別な人間に憧れる気持ちで、西条という人間に憧れていた。そのせいで西条が何も喋らなくても当然という気すらしていたし、邪魔くさいという顔をしても胸は痛まなかった。

「お前、いつまでいる気だ。一人になりたいって言ってるだろ、もう行けよ」

三十分も並んで立っていた頃、西条がうんざりした口調で告げた。はっきり言われて、初めて一人になりたいという意味が分かり、歩は真っ赤になった。とんでもなく頭の悪い自分が恥ずかしくなる。

「ご、ごめん。あの、これあげるよ」

自分の非礼を詫びるという意味もあって、歩はとっさに持っていたビニール袋を西条に押しつけた。ビニール袋の中には今日山で採ってきた山菜がたくさん詰め込まれている。

「おい――」

「ごめんね、ごめんね」

赤くなって謝って、ダッシュで西条の傍から離れた。その時はもう穴があったら入りたい、という心境で、ともかく西条から遠ざかるのに必死だった。

家に帰って山菜を全部あげてしまった話をしたら、父には説教された上に翌日同じだけ採って来いと命じられてしまった。西条に渡したのを悔やむわけではないが、山菜採りは意外と体力を使うので、きついお仕置きだった。

西条はどうしてあんな場所に行ったのだろう。一人になりたい、と言っていたが、西条はいつも一人なのに。

もやもやとした疑問が湧《わ》いたが、むろん直接聞けるはずもなく、いつか仲良くなって聞けたらいいなと思いつつ眠りについた。

夢によく西条が出てきた。夢の中でもにこりともしない西条に、歩は何故か安堵していた。


その後、歩が西条と仲良くなれたかというとそういうわけではない。けれど二学期に入り、とりあえずおはようの挨拶《あいさつ》くらいは無視されなくなった。西条は相変わらず孤高で、友達を作る気配はこれっぽっちもみせない。

だが肝試しと高台での一件の後、歩の意識は大きく変わった。

変な話だが、西条の背後にくっついている黒い影を『見たい』と思うようになっていた。これまでの人生でそんなふうに考えたのは初めてで、我ながら驚きだった。特に能力が消えた今となっては霊なんか見たくないと思っていただけに、今さら霊視をしようとしている自分が滑《こっ》稽《けい》ですらあった。

見たい、というより知りたい、のかもしれない。

西条にまとわりつく黒い影の正体を。

そしてできるなら、西条からその影を遠ざけたかった。

（よくないものだっていうのは分かるんだ）

授業の最中、歩は神経を集中させて黒い影を凝視した。最初はぼんやりとしか分からなかったが、一ヶ月も過ぎる頃には何となく形が見え始めた。怨念、と一言で言ってしまうには、いくつかの複合体みたいではっきりとは分からなかった。時々古い時代の人間が横切る。何か恨みを抱いているのは理解できたが、それを一つ一つ浄化していくというのは歩には不可能だ。それでも西条の背後から黒い影を取り除きたくて、歩は毎日神経を凝らして影の正体を探った。

問題が起きたのは少ししてからだ。

霊視をしている最中に歩は意識不明になり、救急車で病院に運ばれた。

目が覚めた時は自宅の布団の中で、心配そうに覗き込む父がいた。

「何をしていたか知らんが、いくつかの霊に憑依《ひょうい》されていたぞ。力のない者が無理に手を出していい領域ではないと言っただろう」

重い身体を起こされて、父が真言《しんごん》を唱えながら背中を二度、三度と力を入れて叩く。苦痛が少しずつ取れて、身体が軽くなっていた。

「友達に変な影が憑いてるんだ…」

ようやく頭が覚醒《かくせい》してきて歩は父に西条の話を聞かせた。父は困った顔で着物の袂《たもと》に手を入れ、首を振った。

「家に連れてくるなら視てもいいが…」

「それは無理だよ…。西条君は霊とかそういうの嫌いなんだって…」

父と話している最中に不思議な感覚に襲われた。今まで靄《もや》がかかっていた視界が晴れたような、遠くに聞こえていた音が近くに感じ取れたような、世界ががらりと変わるような異常な感覚だった。

「父さん、僕…」

戸惑って呟いた歩は頭がぐらついてまた布団に倒れ込んだ。

——中学三年生の秋。歩に小さい頃の能力が戻ってきた日だった。


一度教室で倒れた後、歩はほとんど学校に復帰できなくなっていた。人のいる場所に行くとさまざまな霊を感じ、まともな生活を送れなかった。特に歩は霊媒体質らしく、気を弛めると身体に入り込んでくる霊がいるらしい。西条のことが心配だといっても、今は自分の身のほうがよほど危なかった。歩が幸運だったのは、父がその筋の専門家だったことだろう。修行といわうと変に聞こえるが、実生活を営めるくらいの状態にすると父に言われ、学校どころではなくなった。

結局卒業するまで歩は学校に行けなくなり、クラスの皆ともそれきりになった。果穂や他の友達が心配して何度か見舞いに来てくれたが、げっそりしている歩を見て重い病気と勘違いしたのだろう。帰り際に泣いている子もいた。それにしても中学校が義務教育だったおかげで、歩は卒業だけはすることができたのは幸いだ。ただし進学するにはいろいろ弊害があった。出席日数は足りないし、勉強面でも惨憺《さんたん》たる有様だった。そして何よりもふつうの生活すら困難になっていた。

歩は高校進学も断念し、父のもとで修行に明け暮れた。西条を助けたいと願った気持ちに偽りはないが、こんなふうに社会生活すら営めなくなるとは思わなかった。肝心の西条は見舞いにくることもない。大して親しくなかったのだから当たり前といえば当たり前なのだが、若干の寂しさを感じた。西条のことを思い出すと、たびたび自己嫌悪に陥り、歩は何故見たいと思ってしまったのだろうと後悔した。

けれど西条に対する気持ちは、生まれて初めて芽生えたものだった。何とかしたい、あの影を祓《はら》いたい、西条を助けたい。今でもどうしてそれほど親しくない西条にそんな気持ちになったのか謎だが、それは純粋な衝動だった。

これが歩の人生の一つ目の分岐点だった。

＊＊＊

人生に第二の分岐点があるのなら、天野歩のそれは夏まっさかりの八月二十日だった。

引っ越したばかりのアパートの鍵《かぎ》を開け、歩は初めての一人暮らしに不安を抱いていた。歩は二十四歳の誕生日と共に、親元を離れての一人暮らしを始めることになった。本人の意思とは裏腹に。

(あーおうちに帰りたいよー)

歩は情けない顔でため息を吐き、これから自分の住む部屋をぐるりと見渡した。

自分で言うのもなんだが、おそらくもって半年だろう。我ながら情けない予想だが、コンビニのバイトだけでどこまで金銭的にもつか分からなかった。六畳と四畳半の間取りのアパートは築年数が古く、家賃は安くて文句はない。家から持ってきた鍋《なべ》や調味料、それに布団しかない部屋だが、これから一人の生活が始まるかと思うと感慨深かった。

「お前は甘え根性が抜けないから、少し一人で生活しろ」

父の昭光にそう言われたのは一ヶ月前のことだ。それまで歩は実家で昭光の仕事を手伝っていた。中学生の時にドロップアウトしてひきこもりになったが、その後もおよそ社会とはかけ離れた生活をしていた。結局高校も大学も行かず、最終学歴は中学卒業という寒い結果になった。とはいえ何もしていなかったわけではない。八年前に母親が亡くなり、家事全般を任された上に、昭光の仕事も手伝っていた。昔はよく憑依されて人格がころころ変わったが、今では簡単なものなら相談事に応じられるまでになっている。

昭光の仕事は『拝み屋』とひそかに呼ばれる裏稼業だ。表向きは元僧侶《そうりょ》である昭光が、霊に関する悩みや相談事を解決するものだが、裏では頼まれればどんな願いにも応じるという怪しい稼業を営んでいる。看板などは出さなくても、この世界、力さえあれば口コミで相談者は訪れる。そんな昭光のサポートをしていた歩だが、父から見ると若干不安な存在らしい。

昭光いわく、歩は裏稼業をするには純粋すぎるそうだ。人の欲望や妬《ねた》み、嫉妬《しっと》という感情を目《ま》の当たりにして、それを受け流せるほどすれていない。これから先、昭光の仕事を受け継ぐにしても、この辺りで一人で生きていけるだけの生活能力を身につけなければいけないという。

確かに昭光のもとに時々訪れる『あいつを蹴落《けお》としてくれ』という願いを平気で告げる輩《やから》には辟易《へきえき》していた。昭光は笑顔で応対しているが、はたで見ていて気持ちのよいものではなかった。逆恨みではないかという内容も多く、それに対してアドバイスする昭光に最初は疑問を抱いていた。とはいえ依頼者にもそれなりの報復が舞い込んでいることを知り、因果応報の怖さを思い知った。人を呪《のろ》わば穴二つというが、やはり悪い念を誰かにぶつけると、必ず同じだけの悪いものが返ってくるものらしい。

「憎しみにも受け口が必要だ」

何故こんな仕事を請けるのかと問うた時、昭光はさらりとそう述べた。坊主頭に顎ヒゲを生やした昭光は、ガタイもよく酒も煙草《たばこ》もするので一見肉体労働をしている男に見える。貧弱な身体に酒も煙草も受けつけない歩とは大違いだ。八年前に亡くなった母にそっくりの歩は、小さい頃からの癖でいつも笑っているので、良く言えば親しみやすい、悪く言えばへらへらして頼りないイメージを与える。そんな歩が相談に応じると、一様に「大丈夫？」という顔をされるので、父は心配なようだ。

「とりあえず世間にもまれてこい」

昭光に命じられ、自活するはめになった歩だが、実際問題として学歴のない自分にできる仕事は限られていた。とりあえず何とかコンビニのバイトは始められたものの、要領の悪い自分にびっくりしっぱなしだった。品出しやレジ、宅配便の受付などやる仕事が多すぎて覚えられない。何度店長に怒られたか分からないくらいだが、人手不足という理由だけでクビにはなっていない現状だ。

三ヶ月続いた辺りで昭光に「アパートを探してきてやった」と言われ、一人暮らしをする羽目になった。料理は母亡き後、歩の仕事と化していたから大丈夫だが、突然生活を一変されるのはつらかった。特に実家に置いてきた愛犬のクロとオウムの大和《やまと》と別れるのは不満だ。ちゃんと昭光が世話してくれればいいが、昭光はがさつなところがあるので不安でたまらない。それでも昭光の言うとおり確かに自分は世間にうといところがあるから、一人暮らしはしたほうが今後のためにもいいのだろう。

(さて…こんなもんかな…)

自分の部屋に戻り、百円均一で買ってきた日用品を並べ、歩は室内を見渡した。冷蔵庫も扇風機も中古で揃えたものだが、一見新品みたいで気持ちが向上した。健康のために自炊はしようと思っているので最低限の料理道具は買ってきたが、荷物が多くて食材までは買い込めなかった。もう一度スーパーに行くつもりだったが、部屋の整理をしているうちに疲れてしまったので、暑くてたまらないが今夜は買いおきのラーメンでも食べて寝ようと考えた。

「おっと、隣が帰ってきたな…」

鍋でラーメンを作っている最中に、隣の部屋のドアが開く音がした。角部屋のほうの住人が帰ってきたのだろう。引っ越しの挨拶をしなければならないと思って、粗品のタオルを買っておいた。食べ終わったら渡しに行こうと思いつつ菜箸《さいばし》で鍋の中身をかき混ぜていると、話し声が聞こえてくる。

(うっわ、壁うすー)

隣人の声が壁越しに聞こえてくる。何を喋っているかまでは分からないが、声の調子や高さで男女だと判別できた。もしかしたら隣は夫婦かもしれない。そんなことを考えているうちに、壁越しから妖《あや》しい雰囲気が流れてきた。

（え、え、う、わー）

小さなテーブルでラーメンを食べ始めた歩はぎょっとして固まった。女性の甘える声がしてきたかと思う間もなく、いかにもセックスの最中のような声が響いてきたのだ。

（これってあれ？　いわゆるあれかな？）

歩は真っ赤になって動揺し、部屋の隅へと移動した。まさかアパートというのがこんなに隣の部屋の声が聞こえるものとは思ってもみなかった。聞いてはいけないと思うものの、徐々に女性の声が激しくなってきて、歩は一人でおたおたした。

（ま、参ったなー）

他人のセックスを覗き見してしまった後ろめたさを感じ、歩は汗を掻きながらラーメンを食べ終えた。これが世間にもまれるということなのか。せめて気を散らすために音楽でもと思ったが、そういった機器がまったくない。テレビもない部屋では思考をまぎらわせることもできやしない。困り果てた時、思いがけない展開が訪れた。

『信じられない、最低！　死ね、インポ野郎が!!』

隣の歩にもはっきり聞こえるくらいの大声で、女性が怒鳴ったのだ。ぽかんとしていると五分後には荒々しくドアを閉める音が聞こえ、女性が帰ってしまったのが分かった。何があったか知らないが、セックスの途中で喧嘩別れになったのは確実だ。

（隣、怖いよー）

まだ挨拶はしていないが隣人は問題ありの男らしい。歩は食べ終えた丼《どんぶり》を片付け、頃合を見計らってタオルを手に部屋を出た。おそらく残った男が隣人なのだろう。チャイムを押して、隣人が出てくるのを待ち、歩は失敗に気づいた。

（あっ、やばい。明日にすればよかった。これじゃ聞いてたのがばればれじゃん）

チャイムを押した後で気づいたが、時すでに遅かった。

「うぜぇな、もう帰れっつっただろ」

乱暴にドアが開き、中にいた男が面倒そうに吐き出してくる。いきなり不機嫌なオーラをぶつけられて、歩は背筋を震わせて一歩退《しりぞ》いた。

「ん…？」

文句を告げた相手が別人だと気づいたのだろう。隣人が髪を掻き上げ、顔を上げる。怯えた顔の歩と視線が合い、男の目が丸くなった。

「あの、俺今日から隣に…」

男のきつい眼差しに口ごもりながら喋り出した歩は、隣人の顔を見て驚きのあまり引っくり返りそうになった。

「あ、え、えー…っ!?」

ずいぶん成長して別人のようだが、間違いない、中学生の時同じクラスだった西条希一が目の前にいた。どれほど時間が経っても間違うはずがない。何しろ変わってないところが一つだけある。

「さ、西条君！　西条君だろ？　う、うわーすごい偶然だなぁー。元気だった？」

懐かしさのあまり大声でまくしたて、歩は身を乗り出した。西条は上半身裸でジーンズを穿いた姿で、顔を近づけてきた歩を見て顰め面をした。

「……悪ぃ、誰だっけ。名前覚えてねー…」

歩の顔をじっと見つめ、記憶を探っているようだが出てこないという顔をしている。影の薄い存在だった自分だから仕方ないと思い、歩は笑顔になった。

「あー俺、天野歩だよ。中学三年の時、一緒だった…って言っても覚えてないかも。俺存在感あんまりないからなぁ…あははは」

「天野…歩、天野…？　そんな奴、いたっけ」

歩の名前を繰り返して呟くが、やはり思い出せないようだ。歩にとって西条は人生を変えるほどの相手だったが、西条にとって自分はまったく記憶にないのか。少々がっくりきたが、今さら嘆いても始まらない。歩はタオルを差し出し、にこにこと笑って頭を掻いた。

「俺、隣に引っ越してきたんだ。どうぞよろしく。西条君に再会できるなんて嬉しいよ、えっと、あの…」

ふっと西条の背後を見て、一瞬だけ顔を曇らせる。だがすぐに笑顔になり、戸惑った顔の西条に思い切って切り出した。

「友達もいないし、これからちょくちょく声かけていいかな？　俺、一人暮らし初めてなんだ」

迷惑がられませんようにと内心願って、西条をじっと見つめる。西条はすぐに返事をせずに、歩を見下ろしていた。

あれから九年の月日が経ち、西条は男前なのは変わらないが、ずいぶん面変わりして色気が加わった。フェロモンとでもいえばいいのか、先ほどの女性に対するぞんざいな扱いといい、さぞやモテるのだろうと思わせた。身長も伸び、スタイルもいい。パーマをかけた髪はモデルみたいで垢抜《あかぬ》けているし、厚い胸板からはセックスの匂いがする。

だが性格はといえば、少し喋っただけでも中学生の時とさして変わらない気がした。切れ長の目は他人を寄せつける様子がまったくない。

「……ピース…」

ぼそりと西条が呟いた。歩は目を丸くして西条を見上げた。

「お前、ピースって呼ばれてた奴だろ。違うか？」

西条が薄く笑い、歩は西条の記憶の隅に残っていたという感激に顔を輝かせた。

「そ、そう！　うわーすごい嬉しいなー。西条君、覚えててくれたんだ」

飛び上がりそうな顔で喜ぶと、西条が呆れ顔で指で髪を梳《す》いた。

「覚えてるも何も、お前は死んだと思ってたよ」

「し、死ん…」

存在感がないどころか死んだと思われていたとは。さすがの歩も顔が引きつる。西条がじろじろと歩を見下ろす。

「お前、生きてたんだな…。…つーか、さっきの聞こえてたんだろ。このアパート壁薄いからな」

「え、あは…は、は…」

やはり聞こえていたのがばれてしまった。歩が苦笑すると、西条が考え込むように視線を逸《そ》らした。

「三十分、待てるか?」

「え?」

ポケットに手を突っ込んで西条が、顎をしゃくる。

「変なの聞かせた詫びに、飯でもおごるよ。近くにけっこう美味《うま》い定食屋あるから。ちょっとシャワー浴びてくるから、家で待ってろ」

突然の誘いに歩は目を見開き、大急ぎで頷いた。もう食べたなんて言う気はない。西条ともっと話をしたかった。話だけではなく、知りたいこともある。

「じゃあ」

西条がドアを閉めて中に消える。歩は軽く手を振り、自分の部屋に戻って笑顔を引っ込めた。

西条には変わらないところが、一つだけあった。

中学生の時もあった黒い影——それは、今でも西条の傍に存在している。いや、あの頃の比ではない。もっとどす黒いものに変化していた。今の歩なら分かる。それが意味しているものが。

——西条君、やばいのに恨まれている。

急に鼓動が速くなって、歩はぎゅっと胸に手を当てた。しばらく凍りついて動けなくなっていた。


昭光との修行を続け、歩にもそれなりに特別な能力がつくようになった。昭光ほどではないが、霊視することもできる。

九年ぶりに西条と再会し、西条の身体に黒い影がまとわり憑いているのを見た。もしかしたら中学生の時に歩に見えていたものと同じかもしれない。あの頃はよく分からずに疎遠になってしまったが、今の歩なら何かを変えられるのではないか。歩はがぜん張り切って西条に意識を集中した。

影の濃さから、相当邪悪なものが憑いている気がした。それは西条に恨みを抱いていて、西条の幸せを邪魔しようとしている。

「それにしてもすげぇ偶然だな。お前、今何してんの？」

三十分後に現れた西条は、駅近くの定食屋に歩を連れて行ってくれた。店内は狭いが気さくな夫婦が経営している店で、頼んだ酢豚《すぶた》定食が美味だった。会社帰りのサラリーマンや肉体労働者がよく来る店らしく、すぐに店内は満員になった。カウンターに腰掛けた歩は、西条を霊視しようと思ったが質問されてすっかり意識が上の空になってしまう。

「え、えーっと何を…、何をしてるんだろう…、あっ、コンビニでバイトしてるよ！」

西条に意識を集中しようと思っても、質問された答えを返すので精一杯になってしまった。まさか父の仕事を手伝って祈禱師紛《きとうしまが》いのことをやっているなどとは言えない。今でも西条が霊の話は嫌いだと言っていたのを覚えている。あんなにきつく言う人は初めてだったから。

「就職してないのか？」

コンビニのバイトと聞き、西条が箸を止めて呆れた顔をする。西条は豚ロースの味噌《みそ》漬け定食だ。こってりした料理が好きらしい。

「つーかお前、卒業まで学校来なかっただろ？　高校、行ったのか？」

「あー、行かなかったねぇー」

西条が自分のことを覚えていてくれたのが嬉しくてにこにこと答えると、はぁーと西条が顰め面でため息を吐いた。

「もちろん、大学も行ってないんだよな?」

「行けるわけないよー。あははは」

「それで今はコンビニでバイトしてる…と」

「そうそう。みゆき通りのレンタル屋さんの隣だよ」

会話がはずんでいると思い、笑顔で歩が答えていると、いきなり西条が頭を叩いてきた。びっくりして歩は目を丸くする。

「な、何だよー? 何で俺、殴られたの?」

目をぱちくりとして聞くと、西条が顔を顰めて自分を見ている。

「何だよじゃねぇよ。お前そんな駄目人生でへらへらしてる場合じゃねーだろ。あーなんか、お前のことどんどん思い出してきた。つか全然変わってねーじゃねーか。お前もう本当イラつく奴だな」

「えっ、俺って駄目人生だったの!?」

西条の言葉に逆にびっくりして歩は目を見開いた。今までエリートとはさすがに言えないと思っていたが、駄目と思ったことなど一度もなかった。もしかして自分は相当暢気な人間なのだろうかと考えてみたが、自分を省みれば駄目なところなど一つも思い当たらない。

「やだなー西条君。俺、駄目じゃないよ、だってすごい健康だもんね。それって素晴らしいことじゃない」

笑顔で切り返すと、今度は西条がぽかんとした顔で見る。その顔が急に破顔したかと思うと、身を折って笑い出した。

「くっく…、はは…、お前ってマジに能天気だな…ははは」

何かがツボに入ってしまったようで、西条が持っていた茶碗《ちゃわん》を置いてひとしきり笑い出す。

「…まぁ能天気なのもいいけど、将来がある奴なんだから少しは考えて生きろよ。まさか五十歳になるまでコンビニのバイトだけでいけるとは思ってねーんだろ？」

笑いが治まった後に、呆れた顔で西条に告げられた。ふとその台詞に違和感を覚えて歩は西条の整った横顔を見つめた。将来がある奴、と言った時に、言外にまるで西条は将来がない、みたいなニュアンスを感じたのだ。気のせいかもしれないが、もしかしたら西条は自分が長くないと思っているのではないだろうかと胸が騒いだ。

「さ、西条君はどうなの？　健康？」

もしかしたら病気を抱えているのかもしれない。歩がストレートに尋ねると、西条は食事を再開して笑った。

「不摂生な生活はしてるけど、病気はしてねーよ」

「あ、そうなんだ…」

西条は嘘を言っている顔ではない。それに見た感じ、どこにも悪いところはなさそうだった。たくあんをポリポリと齧《かじ》り、歩は西条の背後にこびりつく黒い影を見つめた。人と人との出会いは意味があると歩は思っている。だとしたら、今こうして西条と出会ったのは運命かもしれない。中学生の時は駄目だったが、今の自分なら西条の影を浄化できるのではないだろうか。

――否、するべきだ。

「……お前、何でそんな俺ばっかり見てるの？」

あまりに見つめすぎたのだろう、西条がうさんくさそうな顔で歩を見る。必死に霊視しようと思いつつ西条を見ていたので不審がられたようだ。今は無理に探ろうとすると西条が気持ち悪がって離れてしまうかもしれないと感じ、歩は慌てて前を向いた。

「さ、西条君は今何してるのかなーっと思って」

「俺か、俺は塾の講師やってる。北口出てすぐそこにあるだろ、あそこ」

「へえー、塾の講師かー。かっこいいな、生徒にモテそう」

西条が講師というのは意外な気がしたが、学校ではなく塾というところが西条らしくて頷けた。生徒一人一人に親身になる西条というのは思い描けないけれど、勉強だけ教えている姿は容易に想像つく。それにしても塾の講師ということは、かなりいい大学まで進んだのだろう。

「えっ、まさかさっきのって生徒…っ!?」

話している途中で先ほどのセックスの相手を思い出し、歩は身を仰《の》け反らせた。すぐに西条が舌打ちして歩の足を踏む。

「い、いったー!!」

「生徒食うわけねぇだろーが。そういうのは禁止されてんの。あれはさっき声かけてきた下のゆるそーな女」

「そ、そうなんだー…」

何でもないことのように語る西条を見ていれば、あんなのは日常的な話だと分かった。西条は相変わらず誰に対してもそっけない態度しかとらないのに、それでもこうして女が寄ってくる。生まれてきて二十四年間、一度も女性から声をかけられた経験のない歩にとっては異次元の人間のようだった。

「彼女…とかじゃないんだ…」

会ったばかりの相手とセックスをする心理が歩には分からない。そもそも誰かとお付き合いをしたことのない歩には、何もかもが謎だった。

「彼女なんて面倒くせーよ。たまにやれればそれでいい。あの女、ちょっと体臭きつかったから途中で中折れしちまった」

「中…折れ…? どういう意味…?」

西条は歩にとって宇宙人みたいな台詞をばんばん吐く。意味が不明でも何か卑猥《ひわい》な単語だというのは理解できて、真っ赤になって目を丸くしていると、西条が鼻で笑った。

「入れたけど、途中で萎《な》えたってこと。俺、昔から匂いが駄目な奴って傍にいるのも嫌なんだよ。だからシャワー浴びろって言ったのに、このままでいいじゃんとかあの女が言うから」

平気な顔で告げる西条の顔を見ていられなくて、歩は俯いてご飯をもそもそと咀嚼《そしゃく》した。そんな歩を見て、西条が面白そうな顔になる。

「で、お前はどうなんだよ。彼女、いるのか？」

矛先が自分に向けられて、歩は真っ赤になって首を振った。

「お、俺なんてそんな…っ、ぜんぜんモテないし…っ」

「バーカ、お前がモテるわけねーことくらい見りゃ分かる。相変わらずもっさりしてるしな」

ぐさりと来る言葉をぶつけられて、歩はがっくりとうなだれた。やはり他人から見ても、もっさりしているのかと再認識した。

「好きな奴くらい、いんの？」

頬杖をついて聞かれ、歩は「い、いやー、まったく縁がなくて…」としどろもどろで答えた。とたんにふーっとため息を吐かれ、びくりとして西条を見る。

「お前、食うの遅ぇ」

何を言い出すのかと怯えていたら、西条が眇《すが》めた目で自分を眺めている。見るといつの間にか西条は食べ終わっていた。反対に歩は呆然《ぼうぜん》としていたせいで、皿の中身がまったく減ってない。

「早く食えよ。俺、待つの嫌いだから、置いてくぞ」

「え、ええーっ、待って、待って！　すぐ食べ終えるからっ」

西条に急《せ》かされて、歩は急いでご飯を咽《のど》に流し込んだ。食事が進まなかった理由は西条のせいもあるが、先ほどラーメンを食べてしまったせいもある。だがそんな理由は言えるはずもないので、歩は大慌てで食事に専念した。

それにしても再会した西条は、以前にも増して自己中心的な人物だ。

「お、お待たせ…、ご馳走様《ちそうさま》でした」

どうにか全部食べ終えて西条と店を出たが、腹はぱんぱんで最後は味もよく分からなかった。元来飯粒の一粒一粒をゆっくり嚙《か》み砕く歩にとって、今日のような食事方法は望ましくない。ひとえに西条に置いていかれたくないという理由でかっ込んだだけだ。しかも西条は慌てて食べている歩を見て、何故か楽しそうだった。その上、店を出た後、とんでもない発言までしてきた。

「お前、童貞だろ」

「な、なーっ!?」

西条の言葉に目を白黒させて飛び上がると、西条が大声で笑い出した。

「当たりだ。可愛いじゃん」

楽しげに笑って西条がアパートへと歩き出す。まさしくそのとおりだから否定できないが、遊ばれているのがもろに分かって、歩はそっぽを向いて歩き出した。

「怒るなよ、からかって悪かったよ」

車も入ってこない細い路地を歩きながら、西条が肩に長い腕をかけてくる。西条の吐息と身体の重みがかかり、歩はどきりとして顔を向けた。西条は目を細めて自分を見つめ、肩を抱きながら歩き出した。

「てっきりお前、死んだと思ってたから、俺も少し興奮してるのかもな。何しろ倒れた後、急に学校に来なくなっただろ。見舞いに行った奴も暗い顔してるし、げっそりしてたからガンだって噂もあったし」

「そ、そんな噂が?」

身長差があるせいか、西条は歩の肩を抱くのは楽なようで腕を離さない。西条と身体をくっつけ合っていると思うと妙にドキドキしたが、動揺しているのは歩だけで、西条は何とも思っていない様子だった。当たり前といえば当たり前なのだが、何となくがっかりした。

「お前が生きててよかったよ」

西条がさらりと告げる。歩はじっと西条を見上げ、照れて視線を地面に落とした。西条にそんな言葉を言ってもらえるなんて思わなかった。

「う、うん…あの頃はちょっといろいろあって…」

「お前の言うとおりだな」

口ごもる歩を、西条が遮った。

「駄目人生なんて言って悪かったよ。生きてるんだから、ぜんぜんいいよな」

ぱっと顔を上げると、西条と視線が合った。西条の目が見たこともないような優しい眼差しで自分を見ているのに気づき、九年経って、唐突に自分の恋心を自覚した。

「う、うん。西条君にも会えたし、よかったよ…」

中学生の時、どうして西条の背後にある黒い影を見たいと思ったのか、倒れるまで自分の能力を引き出そうとしたのか、その理由が長い月日を越えて、今分かった。

(——俺、西条君が好きだったんだ)

未だに西条の笑顔を見ると高鳴る自分の鼓動に動揺し、歩は自分の鈍さに呆れ返った。今まで女性に対する興味は薄いと思っていたけれど、まさか同性に恋する性癖を持っていたとは。しかも到底実りそうもない恋だ。それだけではなく、相手には黒い影がまとわりついている。

(助けたい、この人を…)

西条と笑って会話を続けながら、歩は心の奥で切実に願った。


西条と再会できて、自分のするべき道が決まった。運命論者の歩は、こうして西条と再会したのは中学生の時やり残したことへのけりをつけるためだと感じた。西条の黒い影を祓う。もうそれしか頭になかった。

黒い影を祓うためにも、もっと距離を縮めたいと思ったが、西条はいつ尋ねても留守だった。たまたま最初に会った日が休みだったらしく、耳をすませても隣から物音は聞こえてこない。おそらく夜遅くに帰宅し、朝早くに家を出て行っているのだろう。これでは時間が合わない。

なかなか西条と喋れず、やきもきしているせいか、ただでさえ仕事の遅い歩はバイト先で失敗が多く、怒られっぱなしだった。もともとレジ作業の遅い歩は、客を待たせがちで店長によく小言を言われる。店長は賞味期限の切れた弁当を無料でくれるいい人なので、悪いのは全面的に歩なのだろう。分かっていてもバーコードの読み取りがなかなかできなかったり、うまくレジ袋に詰められなかったりして時間がかかってしまう。

「本当に君はとろいね！　もうちょっときびきびしてよ。何でいつもそんな間の抜けた顔してんの」

その日も客がいなくなった隙に店長の大芝《おおしば》に叱責《しっせき》された。大芝は後頭部の薄い中年の男で、ひょろりとして背が高い。

「すみませんー」

「ほらまた語尾をのばす！　そういうのが余計にとろくさく見えるんだよ…っ」

バックヤードで懇々と説教を受けている途中で、レジの前に客の影が立った。歩がぼーっと小言を聞いていると、気づいた大芝が追い立てるように背中を叩いてきた。

「ほら行って！」

「はいー」

大芝に促されてレジの前に立つと、見知った顔が笑いをこらえて品物を置いた。

「あっ、あれっ。西条君！」

顔を見て驚いた。西条が客として現れている。

「よぉ、本当に働いてたんだな」

もしかしたらバックヤードで叱《しか》られていたのが耳に入ったのかもしれない。西条はニヤニヤしてレジを打つ歩を眺めている。

「よかったー、ずっと会いたかったのに会えなかったからどうしてるかと思ったよー」

西条がわざわざコンビニまで来てくれるとは思わなかった。嬉しくなって歩が笑うと、西条は戸惑った顔で瞬きをした。西条の買い込んだ品はペットボトルにからあげ弁当、マンガ雑誌だ。ハッと閃《ひらめ》いて歩は顔を上げた。

「西条君、料理しないんだ。俺よく賞味期限切れの弁当もらうんだけど、西条君の分ももらっておこうか？」

歩としては好意で言ったのだが、聞いたとたん西条はぶっと噴き出して笑い始めた。何がおかしかったのか分からず首を傾《かし》げていると、バックヤードから大芝が青ざめた顔で両手でバツマークを作っている。

「いや、俺そこまで金には困ってないから…」

肩を震わせて笑いながら西条が呟く。考えてみれば賞味期限が切れたものを、などと失礼だったかと歩は反省してレジ袋に品物を詰め始めた。何がそんなにおかしいのか分からないが、西条は終始笑いを堪《こら》えた顔をしている。

「今日はもう仕事終わりなの?」

レンジで温めた弁当をレジ袋に詰めて、歩は期待を込めて西条を見つめた。

「ああ。八月は夏休みだから塾は忙しかったんだよ」

「じゃあ、帰った後遊びに行ってもいいかな?」

仕事が終わりと聞き、歩が目を輝かせて身を乗り出すと、西条が再び戸惑ったような顔で自分を眺める。

「……いいけど」

どこか探るような顔で見られたが、西条は了解してくれた。安堵して歩はにこっと笑い、

「じゃあ俺、後三十分くらいで上がるから遊びに行くね」と約束を取りつけた。不思議そうな顔で西条はコンビニを出て行く。

「ありがとうございましたー」

西条の背中に声をかけて、夜の約束にガッツポーズを作った。ずっと西条と会えなくて心配

でたまらなかったが、これで一歩前進だ。

「今の君の友達?」

大芝が意外そうな顔をして近づいてくる。店内には雑誌を読み耽っているヤンキーっぽい若者しかいない。歩は友達という単語にこそばゆさを感じ、照れて笑った。中学生の時は喋るのも大変だったのに、今は友達と言われるほど昇格した。

「あっ、はい、そうなんです」

「へー。ぜんぜんタイプが違いそうなのにね。あんな人とどうやって知り合うわけ? 言っちゃ悪いけど、あんな格好いい友達がいる人間には見えないよ、君」

悪気はないのだろうが、大芝にはっきり言われショックで固まった。

「そ、そんな…。まぁ西条君は中学の時の友達ですけど…」

「あーそれならアリだね。そういうことなら納得がいく」

大きく頷いて大芝が陳列整理のためにレジを離れる。確かに西条と並ぶと見劣りするのは同意だが、それにしてもひどい台詞を平気で吐く。西条もよく自分には手ひどい言葉を吐くが、自分には何かそういう気にさせる雰囲気でもあるのだろうか。

「じゃ、お先失礼しますー」

バイトが終わり私服に戻ってコンビニを出ると、歩は家に向かって駆け出した。時刻は十時で、なるべく早く西条の家に行きたかった。

「お、遅くなってごめんー」

家に荷物を放り投げて西条の部屋のチャイムを鳴らすと、ドアを開けた西条に向かって歩は頭を下げた。

「走ってきたのか？　別に急がなくてもいいのに…」

「だってもう遅いから」

息を切らしている歩を見て、西条が呆れた顔で見下ろす。お邪魔しますと声をかけて玄関に入り、歩は「うっ」と小さく呻《うめ》いてしまった。

西条の部屋は電気を点《つ》けているのに、どこか薄暗い。ぞくっと鳥肌が立ち、部屋中によくない気配を感じた。西条についている黒い影のせいだろうか、空気が澱《よど》んでいる。

だがあえて歩は明るい顔を作り、部屋を見渡した。

「うわー。さすが西条君、同じ間取りの部屋とは思えないね」

部屋の雰囲気が暗いのは別にして、驚いたのは同じ間取りでも住む人間によってこうも違うのかということだった。貧乏暮らしっぽい自分の部屋に比べ、西条の部屋はモノクロで統一された洒落《しゃれ》た部屋になっていた。四畳半の部屋には二人用のテーブルと椅子が置かれ、六畳の部屋にはベッドと薄型のテレビがある。

「男、部屋に入れたのなんて初めてだ。ビールでいいか？」

ベッドの傍に腰を下ろすと、西条が冷蔵庫からビールを二缶取り出して尋ねる。

「あ、ありがとうー」

冷えた缶ビールを受け取り、礼を言ってタブを開ける。ベッドを背もたれにして西条が隣に腰を下ろし、ちらりと歩を見る。

「男友達なんていねーから、こういう場合何話すか分かんねーぞ、俺」

「あ、そうなの…？　俺もあんま友達いないけど、西条君には聞きたいことがいっぱいあるよ」

「友達は多いんだろ、お前。どうみても友達たくさんいるタイプじゃん」

皮肉げに笑われて歩はビールを飲むのを止めて、目を丸くした。

「中学の時も誰とでも仲良くやってただろ。――煙草、吸うぞ」

断りを入れてから西条が煙草を取り出す。テレビを載せているラックに置かれた灰皿を取り出し、歩にも吸うかと煙草を差し向けてきた。

「いやー俺は苛められないかどうか心配してたくらいだから…。友達なんて今も近所の数人くらいしかいないし…」

煙草を断り、歩はぐいぐいとビールを咽に流し込んだ。西条に言われて初めて気づいたが、同年代の男友達がほとんどいない。近所の幼馴染《おさななじ》みの友人は歩の家の生業《なりわい》を知っているので続いているが、それ以外は交流がなくて知り合う機会もなかった。見知らぬ人と会うとその人の背負っているものが透けて見えて精神的に疲れるというのもある。ふだんは意識して見ないようにしているが、疲れていると勝手に霊的なものを受信してしまう。通り過ぎるすべての人を助けたくて自分自身がおろそかになってしまうから、最初から知り合いは増やさないようにしていた。

「ふーん…？」

いぶかしむような顔で西条が煙草に火を点ける。少しずつ西条に意識を集中していくと、西条にまといつく影がぼんやりと形を成してきた。はっきりとは分からないが、西条に対する憎しみ、恨みといった感情を受ける。あまり神経をそこに注ぎ込んでいると、引きずり込まれそうなほど強い思念だ。特に黒髪の女性が西条の傍をちらちらと過ぎる。これは誰だろう。

「西条君…、たくさん恨み買ってる？」

少し覗いただけで目眩《めまい》を感じ、歩は額に手を当てて意識を遮断した。

「は？」

いきなり変なことを言われたせいで西条が眉を顰める。霊感がある、と言ってみようかとも思ったが、西条が昔のままだったら、きっとそんな発言をする歩から距離を置くに違いない。歩は仕方なく言葉を探して西条に探りを入れた。

「えっと、あの…ほらこの前も女の子にひどい扱いだったしさ…」

「ああ…」

納得した顔で西条が缶ビールを呷《あお》った。西条は空気清浄機のスイッチを入れて、煙を吐き出した。

「何だ、お前。説教しにきたのか？」

「そ、そうじゃないけど。でも行きずりじゃなくて、ちゃんと付き合ったほうがいいと思うんだけど…」

「女と付き合うのはめんどいよ。実際付き合ったら、けっこうこじれて大変な目に遭ったしな。だから後腐れのない奴としかしてねー。お前が聞きたいのって、そんなことなのか？」

うさんくさげな目で見られ、歩は西条から視線を逸らしてビールを空にした。どうも依頼に来た人間を探るのとは勝手が違ってうまくいかない。何よりも本人が望んでいるわけでもないのにこうして背負っているものを霊視するのは困難だった。

「えっと、あの聞きたいのは別の話…。今さらだけど、西条君ってどうして中学の時他人寄せつけなかったの？　俺ずっと不思議だったんだ」

霊視は諦《あきら》めて、まずは西条自身を知ろうと思い、質問をぶつける。とたんに西条が嫌そうな顔をして灰皿に煙草の灰を落とす。

「どうだっていいだろ、別にそんなの」

「よくないよー。西条君、別に嫌な奴じゃなかったじゃない。肝試しの時とか、俺楽しかったし…」

西条との想い出で一番印象に残っているのはやはり肝試しの日だ。懐かしさに目を細めて呟くと、西条が部屋の隅へ視線を向ける。

「つまんねーこと思い出してんなよ。中学だけじゃねーよ、他人との付き合いはわずらわしい。今でも変わってねぇから性格だろ」

「でも俺とはふつうにこうして遊んでくれるじゃない」

首を傾げて尋ねると、西条が灰皿に煙草をねじ込んだ。

「そういやそうだな…つーか、お前がアホすぎて構える気がなくなるんだよ。それにお前が犬ころみたいに…」

西条が何か言いかけて歩を見る。ばちりと視線がぶつかり合って歩がドキドキすると、西条が面倒そうな顔で頭を掻いた。

「……もうお前、部屋に戻れ。俺、明日もあるし寝るわ」

そっけない口調で手を振られ、歩はショックを受けて身を乗り出した。部屋に入れてもらってからまだ三十分くらいしか経っていないのに、もう追い出されるとは。

「え、えーっ!! そんな…っ、まだちょっとしか喋ってないのにっ。もっと交流を温めようよ。それが駄目なら次、いつ遊べる？ 俺バイト以外ならいつでも暇だよ」

「何だ、てめーは。うぜぇ…」

意気込んで喋る歩に対し、西条はいかにも鬱陶《うっとう》しそうな顔で頭を叩いてきた。

「いたーい！」

「次いつ会えるなんて、彼女かっつーの」

「だ、だってさー、西条君いつも部屋にいないんだもん…。あっ、じゃあね、今週の日曜に道案内してくれない？　近くに大きな公園があるって聞いたんだけど」

「だから何で俺がそんなもん案内すんだよ。地図でも買ってこいよ」

「いいじゃん、いいじゃん。約束してくれるまで、俺帰らないよっ」

必死になって食い下がると、うんざりした顔で西条が膝《ひざ》を抱えた。

「分かったよ、公園に案内すりゃいいんだろ。マジでうぜー奴」

「やったあー!!」

西条との約束が取りつけられ、思わず喝采《かっさい》を上げる。同時に腹部にフックが入り、両手を上げたまま歩は「ぐふっ」と呻《うめ》いて床に倒れ込んだ。

「ひ、ひどいよー。何で殴るの？」

「何かムカついた」

平然とした顔で告げる西条に、泣き真似《まね》をして起き上がった。あまり長居すると本当に約束も反故《ほご》にされそうで、歩は空の缶ビールを持って大きく頭を下げた。

「じゃあ今夜はもう帰ります。夜遅くにすみませんでした。おやすみなさい」

歩としては精一杯丁寧に別れの挨拶をしたつもりだが、西条は振り向きもせずに追い払うようなしぐさで手を振っただけだった。

とにもかくにも日曜の約束を取りつけた。西条の部屋を出て自分の部屋に戻ると、歩は空の缶ビールを流しに置いて、敷きっ放しの布団に転がった。

壁越しにでも西条の背負っているものの正体が摑めればいいのだろうが、歩にはまだそんな力はない。昭光は名前や写真だけでも霊視できるが、未熟な歩は相手を前にして神経を集中させないと深くまで探れない。あの西条相手にじっとしていろというのは無理な話で、もっと仲良くなる必要がある。

（にしても、あの黒い影…変な感じだったな…）

今までに見たことのないほど強い憎しみの念を感じた。西条を呪い殺そうとしているのではないかと思うくらい、一つや二つではなく憎悪の集合体だった。人の念というのはすさまじいものがあるから、もしかしたら西条が今まで捨ててきた女性の恨みという線もありうる。死んだ人間も怖いが、生きている人間が発する憎悪の念も恐ろしい。生霊《いきりょう》となって相手を殺すくらいの力がある者さえいる。大概そういった人間は幸せな人生を送れないが、自分の幸せよりも他人が落ちぶれていくほうに快感を見い出すようだ。

（父さんに視てもらえたらなぁ…）

いくら歩に霊能力があるといっても、えいやっという掛け声で西条からあの黒い影を取り除くのは不可能だ。生きている人間に説得するように、こびりついている黒い影も解体してその理由を解き明かさねばならない。

（俺にできるのかな……）

最悪の場合は西条を縛ってでも父のところに連れて行くしかない。枕に顔を埋め、歩はため息を吐いた。慣れないビールを飲んだせいか、眠りがあっという間に訪れる。

――夢の中で、優しい光に包まれていた。

白い雲のような上を歩いていると、向こうから八十歳を越えたくらいの老婆が歩いてくる。老婆は優しげな顔で、頬に大きなホクロがある。そして両手を合わせて歩に対して拝むような格好をする。ああ、何か頼まれているなと感じたが、そこから意識が急速に沈んでいった。

老婆が悲しげな顔でじっとこちらを見つめていた。

翌々日、朝っぱらからドアを激しく叩《たた》く人がいて眠りをさまたげられた。寝ぼけ眼《まなこ》でドアを開けると、父の昭光《あきみつ》が作務衣《さむえ》姿で立っている。

「いつまで寝てんだ、ほら。お前が金がないって言うから、いろいろ持ってきてやったぞ」

どかどかと家に押し入り、昭光は両手に抱えた荷物を畳の上に下ろす。炊飯器とダンボール箱だった。炊飯器は買わねばならないからちょうどよかった。ダンボール箱の中は食材が詰まっている。拝み屋である昭光のもとには、世話になった人々からの礼がよく届く。野菜や果物、高そうな肉や大きな魚がぎゅうぎゅうに押し込まれていた。

「うわー父さん、助かるよー」

ビニール袋に詰められた米に歓喜し、歩《あゆむ》は目を輝かせた。毎日コンビニ弁当では身体によくないなと思っていたところだ。

「俺一人じゃ、よう消費できんからな。ま、せいぜいがんばれよ」

荷物を置いたら昭光はさっさと帰ろうとしてしまう。慌ててその裾を掴《つか》まえ、歩は「待って待って」と昭光を引き止めた。

「俺、今困ってるんだよ！」

まくしたてるように昭光に隣人の西条《さいじょう》の話をした。もちろん西条に聞かれてはまずいので小声でだが。昭光は聞いているのかいないのか、相槌《あいづち》も打たずに歩の顔を眺めている。

「だから…ね、そういうわけで父さん何か分からない？」

正座になって昭光に救いを求めるように手を合わせた。昭光は仁王《におう》立ちになって鼻で笑った。

「俺は金にならん仕事はせんわ、ボケ」

あっさりと吐き捨てて昭光が玄関に向かってしまう。分かっていたことだががっくりきて、歩はため息と共にドアの外まで見送った。

「あ…っ」

ちょうどドアを開けたとたん、西条の家のドアも開く。これから出勤なのか西条はスーツ姿だ。西条は歩と昭光を見て一瞬固まった。

「いやぁー、どーも、どーもぉー。息子が世話になっております。何か面倒をかけるようなら、すぐ言ってくださいね、なにしろあまり出来のいい息子とは言えないもんで」

昭光は西条と目が合うと、ころりと態度を変えてにこやかに頭を下げた。西条はあきらかに似てない、という顔つきで歩と昭光を見比べ、愛想笑いを浮かべた。

「あ、こちらこそ。それじゃ急ぎますんで」

手を握ろうとする昭光を避けて、西条が如才ない笑みを浮かべつつアパートの階段を下りていった。じーっとその後ろ姿を眺めていた昭光が、くるりと振り返って首を振った。

「ありゃ駄目だな。相当恨み買ってるぞ、それに神仏や霊能とかそういうのが大嫌いみたいだな、その玄関の前で勧誘に来た宗教団体を蹴《け》り倒したみたいだぞ。蹴られたほうの残像思念が残ってる。ま、自業自得じゃねーか？　死んでもしょうがねーくらいの恨み買ってるんだから」

「そ、そんなーっ、西条君は根はいい人なんだよ、本当は…っ、多分…っ」

父に駄目だと言われたら、余計に動揺してしまう。それにしてもいくら嫌いだからと言って蹴り倒すことはあるまい。

「根はいい人って言うが、この辺もあちこち家主に対する恨みの思念が残ってるぞ。あいつ日常生活に障りはないのかね、特に女の恨みがすさまじい」

呆《あき》れ顔で昭光は西条の家の玄関に触れ、小声で歩に囁《ささや》く。残像思念というものが物体には残るらしく、昭光はドアに触れるだけでどんな来客があったか分かる。越してきた当初に修羅場を見ただけに歩もそれについては反論できなかった。

「まぁ、こんなのと隣人になったのも何かの導きだ。せいぜいがんばれよ」

派手な音を立てて歩の背中を叩くと、昭光は笑いながら去ってしまった。どうも父にはまだ自分の真剣な想いが届いてない気がする。今度改めて何か打開策はないか聞きにいかねばならない。

「それにしても…」

歩は一度家に戻り、ほうきを持ってきて自分と西条の玄関の前を掃き始めた。西条に恨みを持った相手が訪れたようなので、綺麗《きれい》に掃除した。てっとり早く残像思念を消すには掃除が一番いい。ついでに悪い気を跳ね返しますようにと念じながらドアも磨いておいた。

「あーすっきりした」

自分にできることから一つずつやっていくしかない。歩はそう呟《つぶや》いて部屋に戻った。

食材をたくさん恵んでもらえたので、日曜の西条とのお出かけには弁当を作ろうと決めた。

当日は朝早く起きてご飯を炊き、料理にとりかかった。天むすを作るために、海老《えび》はフリッターにしておく。手のひらに小さなご飯の玉を作り、海苔《のり》で巻いて上に海老を載せるとできあがりだ。コンビニ弁当で使ったアルミのパックに小さな天むすをいくつも詰め、惣菜と、具として使い切れなかった海老を海老チリにして入れた。リュックにレジャーシートと弁当を入れて、冷えた麦茶の入った水筒も詰めた。

「西条君！　起きて！　出かけようよ！」

用意万端で隣の部屋のドアを叩くと、五分ほどしてのっそりと西条がドアを開けた。

「……マジで行く気なのか、何だその格好」

Tシャツに半ズボンの格好でリュックを背負っている歩を見て、西条が呆然《ぼうぜん》とした顔になった。今日から九月とはいえ、まだ日差しはきつい。歩は野球帽を被《かぶ》って西条の腕を引っ張った。

「約束したじゃん。出かけようよー」

嬉々《きき》として腕を引っ張ると、西条がうんざりした顔でため息を吐《つ》く。あまり寝ていないのか西条は寝癖のある髪を手で掻《か》き乱し、歩の腕を振り払った。

「顔洗ってくるから、ちょっと待ってろ」

不機嫌そうな声ながらも出かける気になってくれたらしい。歩が頷《うなず》いてドアの前で待つと、三十分ほどして西条は出てきた。

「やっぱり、まだいるのか…」

立っていた歩を見て西条がサンダルをつっかけて出てくる。洗ったのは顔ではなくて身体だろうと突っ込みたくなるほど、生乾きの髪と石鹸《せっけん》のいい匂いがする。今日の西条は派手なシャツを着て、ボタンもろくに留めていないので崩れた雰囲気がある。数日前会ったスーツ姿の時は髪もびしっと整えていたのに、すごい変わりようだ。

「しょうがねーから、さくさくと行って帰ってくるぞ」

不承不承といった感じだが、西条が歩き出してくれて嬉《うれ》しくなった。肩を並べて歩き出すと思ったよりも外は気温が高い。

「ここら辺はけっこう緑があるんだねー」

車の通らない道を進み、道沿いの木々に目を向けた。春になるとこの辺りは桜並木になると聞いた。

「あーお花がきれいだねー」

道端の花に心を奪われていると、西条が「とっとと歩け」と文句を言ってくる。

「ちょっと待って、もうちょっと見ていたい」

通りすがりの家の庭の花々が、愛情込めているようで素晴らしかった。じっと見ていると花々の間を精霊たちが舞っている。きらきらと光る羽から降る粉が花々をよりいっそう輝かす。丹精込めて育てた花々には精霊も宿る。珍しいものを見たなと目を凝らしていると、急に身体に何かがぶつかってきた。

「あ、すみません」

通行人とぶつかってしまったようだ。慌てて顔を上げて振り向くと、歩にぶつかった長身の男は無言で立ち去るところだった。

その手からひらりと白い小さな箱が落ちる。

「あのー」

男の落とした小さな箱を拾い、歩はダッシュして男の袖を引っ張った。びっくりした顔をして男が振り返る。

「これ、落としましたよ」

男が落としたのはくしゃりと潰《つぶ》された煙草《たばこ》の箱だった。にこにこして歩が手渡すと、毒気を抜かれたように男が口ごもってそれを受け取った。

「あ、ども…」

歩に奇異な目を向けて男がそそくさと立ち去った。いいことをしたなと思って笑顔のまま西条の元へ行くと、今度は西条に呆れた顔をされる。

「お前…今の素?」

「え?」

「あれ、落としたんじゃなくて捨てたんだろ。ぽい捨てじゃねーかよ、空の煙草だったんだろ」

西条に言われて初めて自分の勘違いに気づいた。てっきり落としてしまったものと思っていたが、わざと捨てたのか。そう言われてみれば、箱の中身は空だった。

「そうだったんだー。俺、落とし物かと思ってた」

こんな道路にゴミを捨てていこうとしていたのかと嘆く歩とは反対に、西条は面白そうに笑い出した。

「お前って面白いな。さっきの奴、お前があまりに笑顔だから間違いだって言えなかったみたいだな…はは」

西条が楽しそうにしているので歩も沈んだ気分が浮上した。再び歩き出し、用水路の道を真っ直ぐ進む。日陰に入ると風は涼しくて過ごしやすい。

小さな木でできた橋を渡り、通りを越えると公園に続く大きな道に出た。日曜のせいか子ども連れでこの公園を訪れる人々も多い。明るい活気あふれる場所だと感じ、歩は顔をほころばせた。

「いいとこだねー」

土の地面を踏んで楽しげに告げると、西条がポケットに手を突っ込んで「けっこう広いんだな」と感心した顔で公園内を見渡した。公園内には大きな池もあり、噴水や遊具場もある。少し歩けば温室と野球場もあるらしく、多くの人でにぎわっていた。

「あっ、西条君。俺お弁当作ってきたんだよ、一緒に食べよう」

芝生《しばふ》には、レジャーシートを広げてお昼を食べている家族連れやカップルがちらほら見えた。歩が西条の腕を引っ張ると、はあ？　と素っ頓狂な声が返ってきた。

「お弁当作ってきた？　おい、お前、この俺に男二人で手作り弁当食えっていうのか。どんな罰ゲームだよ、つか引くわ」

世にも恐ろしい顔で西条に見下ろされ、歩はしょんぼりして俯《うつむ》いた。

「そんなー。俺、朝早くから起きてがんばったのにー…」

「そんながんばり、いらねーよ。発想がキモイ」

にべもなく西条に突っぱねられたが、せっかく作ったのでやはり食べたい。そうだ、と閃《ひらめ》いて歩はリュックからレジャーシートをとり出して広げ、芝生の上に敷いた。

「それじゃあ俺はしばらくどっか行ってくるから！　その間に西条君食べてよ。西条君のために作ったんだし、食べてほしい。俺、料理はけっこう上手《うま》いんだ」

弁当と水筒をレジャーシートの上に次々と置いていく。一人で食べるなら嫌じゃないはずだと思い、歩は芝生から離れようとした。

「ちょ…っ、待て。そこまでされたら俺が極悪人みたいじゃねぇか…」

去りかけた歩の肩に手を置き、西条が呻《うめ》くように呟く。

「もういいよ、一緒に食う。女とだってこういうのは好きじゃねぇんだからな。今日は特別だ」

渋い顔で西条に言われ、歩はパッと顔を明るくしてシートに腰を下ろした。歩が靴を脱いで腰を下ろすと仕方なさそうに西条もシートに座る。ピクニックのようだと歩は嬉しくなった。

「よかったー、やっぱりご飯は一緒に食べたいよね。西条君、天むす好き？　あ、冷たい麦茶もあるよー」

にこにことして西条のために麦茶を注ぐ。西条はやけくそのように天むすを掴んで口に放ったが、食べ始めてすぐに「美味《おい》しい」と呟いた。

「美味《うま》いな、マジで。お前にも得意なことってあったんだな。つーか手料理じたい久しぶりかも…悪くねーな」

最初はむすっとしていた西条の表情も、食べ始めたとたん柔らかくなった。からあげ弁当を食べていたので似た系統の料理は好きだろうと推測したのが当たったみたいだ。

「ほんと？　嬉しいよー。今度ご飯作りに行くよ。外食ばっかりじゃ身体に悪いし」

「だからその発想がキモイっつーの。男二人でする会話じゃないだろ」

二つ目の天むすを頬張《ほおば》りながら西条が眉間《みけん》にしわを寄せている。どの辺りの会話が駄目だったのか分からないまま、歩は笑顔で西条と公園で食事を続けた。

結局多めに作ったつもりの弁当はすべて二人の胃袋に入ってしまった。本当に美味しかったのだなと嬉しくなり、歩は幸せになった。

「そういえば昨日ね…」

食べ終えたらすぐに西条が帰ってしまう気がして、一生懸命話題が途切れないようにした。するとサホの話は退屈だったのか、西条はあくびをしてシートに寝転がってしまった。

「西条君…?」

「悪ぃ、ちょっと寝る…」

小声で呟き、西条がごろりと背中を向けた。待つほどもなくすぐに寝息が聞こえてきて、歩は膝《ひざ》を抱えて眠る西条を見つめた。

(あ、これチャンスかも…)

寝ている西条に意識を集中して、背後にいる黒い影を探ろうとする。トランス状態で西条の背後を見つめていた歩は、五分で汗びっしょりになって意識を戻した。最初に見えた影は、長い黒髪の女性だ。西条に対する執着の念が強い。まだ本人は生きているようなので生霊《いきりょう》となって西条にまとわりついているのだろう。だが分かったのはそこまでで、その先にある大きな影は歩がいくら呼びかけても応《こた》えてくれない。

「ん…」

西条は苦悶《くもん》に顔を歪《ゆが》め歩のいるほうへ寝返りを打った。嫌な夢を見ているのか、暑さのせいではない汗がこめかみを流れている。その額に手をかざすと、徐々に西条の表情が和らいでいく。やがて身体からもこわばりがとけて、穏やかな寝息が聞こえてきた。

(これだけ重いもの背負ってて、実生活に支障ないのかな)

昭光のもとへ『霊に取り憑《つ》かれた』と駆け込んでくる人々は、大抵霊現象に悩まされてやってくる。西条もこれだけの悪霊を背負っているのだから、ラップ現象や怪しい影ぐらい見てもおかしくないはずなのだが。

（どうすれば西条君を助けられるのかな…）

霊の存在を感じられても、それを祓《はら》うような力は歩にはない。最初に見えた女性の影はまだ生きている人間のものだから、それが誰か探って説得するしかないだろう。もっと先にある黒い念の塊は、おそらく中学生の時から西条にまとわりついていたものだ。こちらは一人や二人ではなく大人数すぎて手が出せない。やはりとりあえず女性から何とかするしかない。

早く黒い影を祓わなければと気ばかり焦る。こうして束の間、穏やかな睡眠をとっている西条の寝顔を見ていると、少しでも早く楽にしてあげたい。

西条の額から手を離すと、すうっと白い影が背後から現れた。

「あ…」

年老いた老婆が歩の前に出現した。夢で見た頬にホクロのあるおばあさんだ。老婆は歩の前に正座し、歩のほうに向かって持っていた蒔絵《まきえ》の入った箱を取り出した。長方形の黒の漆塗りの箱で、大柄な牡丹《ぼたん》の絵が金で描かれている。老婆はそれを歩に見てもらいたいらしい。西条の家にあるものだろうか。歩は探してみると呟いて老婆に頷いた。

ハッとしたように西条が上半身を起こしたのは、それから五時間後だった。

「やべ…マジ寝ちまった…。今、何時だ?」

辺りが暗くなっているのに気づき西条が焦った声を上げる。ついで傍《そば》に座っていた歩を見て、呆れた顔になった。

「お前……まさかずっとそうしてたのか?」

腕時計に目を走らせ、西条が呆然とした声で言う。疲れている様子だったので起こすに忍びなく、西条の寝顔をずっと眺めていた。

「うん。何か疲れているみたいだったから…」

五時間経っていたのは意外だった。それほど長い時間には感じなかったからだ。

「起こせばよかったのに。暇だったろ? 最近寝つき悪くて睡眠足りてなかったんだ。こんなに寝たの久しぶりだ」

大きく腕を伸ばして西条が靴を履く。

「睡眠は大切だからね。すっきりしたならよかったー」

にこにこと笑い歩も靴を履いて立ち上がった。レジャーシートの汚れを払って、折り畳んでリュックにしまう。もう暑くないので野球帽もリュックに入れた。ふと視線に気がついて振り向くと、西条が戸惑った顔で歩を見つめている。

「どうしたの、西条君」

「いや……」

口ごもって西条が視線を逸《そ》らし、頭をがりがりと掻いた。何だろうと思ってリュックを背負うと、西条が「あのさ」と切り出してきた。

「――お前、俺のこと好きなの？」

潜めた声で聞かれ、歩は反射的に笑顔になって「うん」と頷いた。

西条が苦虫を嚙《か》み潰した顔で額に手を当てる。

「お前、少しは葛藤《かっとう》とかないわけ？　それとも好きってのは単なる友達としての好きなのか？」

まるで詰《なじ》るように告げられ、歩はびっくりして目を見開いた。それから西条の質問が深い意味を持っていたのに気づき、真っ赤になって頭を掻いた。

「あ…ごめん。そっか、気持ち悪いよね。ホントごめん…」

好きという言葉が相手に与えるのはいい気持ちばかりじゃないと今頃分かり、急に怖くなって顔を上げられなくなった。西条を好きだというのは無論特別な意味でだが、それに伴うさまざまなことまで思いを巡らせていなかった。西条が同性である以上、自分の気持ちは迷惑なものだろう。告げるつもりもなかったから深く考えていなかったのを歩は反省した。

西条に嫌われてしまう。素直に頷かなければよかった。

「ごめんなさい……」

思わず俯いたまま謝ると、反対に西条のほうが動揺した様子で息を呑《の》んだ。大きな手が頭をぐしゃっと掻き乱してくる。

「……別に気持ち悪くはない」

西条の呟きに、ぱっと顔を上げる。西条は手を離し、困った顔で笑っていた。

「何だよ、お前のとりえはへこたれねーことだろ。そんな泣きそうな顔するなよ、調子狂うから」

歩の肩に腕を伸ばし、西条が歩き出す。つられて歩も足を前に動かし、肩を並べて人気のなくなった道を進んだ。

「まぁお前なら押し倒される心配もねーしな」

西条にからかわれ真っ赤になってしまうと、面白がって髪を乱される。西条に嫌われなくてよかったと安堵《あんど》し、歩は頬を紅潮させたまま帰路に着いた。西条の体温が近くてドキドキする。

夕焼けの広がった空を見上げ、ずっとこうしていたいなと内心願っていた。

　翌日コンビニのバイトへ向かう途中で西条の勤めている塾を覗《のぞ》いてみた。残念ながら表から中の様子は窺《うかが》えず、働いている西条は見ることが叶《かな》わなかった。そのかわり入り口の近くで「西条ってさぁ」と話している女子高生たちを目にする。

「超遊んでそうだよね。女のあしらい方慣れてるってーか」

「えーきつくない？　あたしはずばずば言ってくるから嫌い。冷たいよ、あいつ絶対。前に捨てられた女が塾に押しかけたって言うじゃん。それにさぁ、あの長い黒髪の…」

「あー、あの貞子《さだこ》みたいな奴ね。ありゃストーカーっしょ？」

　ギャハハと下品に笑いながら女子高生が塾の中に入っていく。最近の生徒は教師も呼び捨てなのかと恐ろしく思い、歩は仕事場に向かった。別れた後、塾にまで押しかけてくる女性がいたのは問題だ。もしかしたらそれが霊視した時に見えた女性かもしれない。

　それにしてもどうして西条はきちんと恋愛をしないのだろう。歩にも性欲のみだと告げていたし、結婚を前提とした付き合いなど考えていない様子だった。性欲はあるのだから女性は好きなはずだが、誰に対しても深入りしようとしないのは謎だった。

　その日は八時にバイトを終え、歩は家に帰って夕食を作り始めた。肉じゃがとほうれん草の白和《しらあ》え、わかさぎの南蛮《なんばん》漬けを手早く作る。

「西条君、ご飯作ったから食べにこない？」

　エプロン姿のまま隣のドアを叩くが、部屋は静まり返っている。まだ帰っていない様子なので、歩はドアに『夕食作ったので食べにきて』と貼り紙をして部屋に戻った。一時間ほど待っているとチャイムが鳴り、西条が現れた。

「おかえりー、入って、入って」

笑顔で西条を出迎え、すぐに料理を温め、ご飯と味噌汁《みそ》を用意した。西条はきょろきょろと部屋の中を見渡し、ネクタイを弛《ゆる》めて座布団に腰を下ろした。

「何か俺、餌付《えづ》けされてんな…」

ブツブツ呟きつつも、西条は食べ始めたらお代わりをするくらいたくさん食べてくれた。やはりご飯は誰かと一緒に食べるのが一番美味い。料理を平らげてくれた西条につい笑顔がこぼれた。

もう一つ吉報もあった。再会した時は西条にまとわりついていた黒い影が、いくぶん小さくなっていた。悪霊に取り憑かれている人間は、他の浮遊霊も拾いやすい。今は無関係な霊が立ち去り、わずかだが西条の顔も明るく見えた。一刻も早く何とかしなければと焦っていたが、この状態なら少し心に余裕ができる。

「お前、マジで料理上手い。すげー美味かった。ごちそーさん」

食後のお茶を飲んで西条がしみじみと告げる。西条の機嫌がいい今がチャンスかもしれないと思い、歩は自分の湯飲みにお茶を注ぎ、切り出してみた。

「あのさぁ、西条君。俺、不思議な夢を見てさー」

あらかじめ西条に嫌がられないようにいろいろ考えておいた。

「夢の中でほっぺたにホクロのあるおばあちゃんが出てきたんだよ。もしかして西条君の身内にそんな人いない？」

夢の話ならそんなに怒らないだろうと思い言ってみたのが功を奏したようだ。西条は顔を顰《しか》めつつも思い当たる人がいたらしく、テーブルに頬杖《ほおづえ》をついた。

「…俺のばあちゃんが頬にホクロあったけど…」

「やっぱり！　俺、時々そういう夢見るんだ。それでね、そのおばあちゃんが黒地に金の牡丹が描かれたこれくらいの箱を見せるんだけど、西条君心当たりない？」

意気込んで歩が問うと、西条がうさんくさそうな顔で見返してきた。

「ねーよ。つーか何でお前が俺のばあちゃんの夢見るわけ？　顔にホクロがあるばばぁなんてごまんといるだろ。俺のばあちゃんと結びつける意味が分かんね」

「う…。それはぁ…」

西条に突っ込まれ、うまく言い返せなくて歩は顔を引きつらせた。

「えっと…信じないかもしれないけど…俺、霊感が…」

仕方なく正直に話すと、とたんに「はあ？」と馬鹿にする声が戻ってきた。

「お前、コンビニバイトで将来も不安な上に、霊感なんてアホなこと言うのやめとけよ。霊なんていねーよ、いるって言ってる奴は妄想癖のたくましいいかれた奴だけだ。俺、そういう話大っ嫌いだから、二度とすんな」

容赦なく冷たい口調で釘《くぎ》を刺され、歩はしゅんとして俯いた。中学生の頃から西条の霊嫌いは変化がないようだ。いやむしろグレードアップしている。

「大体そういう馬鹿なことを言う奴が、宇宙人や妖精《ようせい》もいるとかほざき始めるんだ」

「宇宙人も妖精もいると思うけど…」

「お前、そこまで頭が弱かったのか」

目を見開き西条が顔を引きつらせる。

「そういうのは現実世界に直面できない心の弱い人間の思考だよ。ありもしない空想の産物を思い描くことで自己を確立しているんだ。逃げだよ、現実逃避だ。いやもしかしたらノイローゼかもしれない」

西条に懇々と言い含められている最中に、部屋のあちこちでパシッ、と何かが弾けるような音が聞こえてきた。無駄かもしれないと思いつつ歩は説明してみた。

「えっとね、これはラップ現象といって…」

「違う、これは家鳴りだ」

歩の言葉に西条が無理やり重ねてくる。

「このアパートは古い建物だから、きしんで音を立てることもある。何でもかんでも霊現象にするんじゃない」

きっぱりと言い切り西条が立ち上がった。すっかり機嫌の悪くなった顔で「もう帰る」と玄関に向かい靴を履き始める。あれだけ重いものを背負っている西条のことだ、一人でいる時もラップ現象は起こっているに違いない。頑《かたく》なに霊現象と認めない西条に少々感心した。

「じゃあな」

振り返りもせずに行ってしまおうとする西条に向かって、歩は慌てて声をかけた。

「さ、西条君、明日もご飯作っていい!?」

このまま別れたら会ってくれなくなりそうで、歩はすがるように叫んだ。西条はちらりと振り返り、仕方なさそうに「好きにしろ」と呟く。

ドアが閉まり、うるさかった音がぴたりと止《や》む。あそこまで心霊の存在を毛嫌いする人も珍しい。何かあったのだろうか。

(それにしても困ったなぁ…。あれは絶対西条君のおばあちゃんだと思うんだけど…)

漆塗りの箱が西条を助ける手がかりになるのではないかと思っただけに、西条の強烈な拒否反応は痛かった。まだ少しだけ時間はあるが、悠長にしていられない。

(西条君の実家に行くしかないかなぁ…)

今後に頭を悩ませ、歩は汚れた皿の片付けをした。結局若い女性に関する話もできなかった。明日は失敗しないようにしなければならない、そう戒めつつため息を吐いた。

翌日は夕食の仕度をしている途中で西条が訪ねてきた。呼ぶ前に来てくれたのは嬉しいが、疲れた顔をしているのが気にかかった。西条は家に入るなりネクタイを弛め、上着を脱ぐ。そして早くしろと言わんばかりの目で台所で料理を作る歩を見ている。

急いで夕食の仕度を終えると、西条はいただきますも言わないで食べ始めた。

「美味い…」

さばの味噌煮を口に運びながら西条が美味そうに箸《はし》を動かしている。ひそかにバイトのシフトを七時までにしたのは、西条の夕食の時間に合わせてご飯が作れると思ったからだ。こんなふうに毎日西条がご飯を食べに来てくれるなら、作り甲斐《がい》があるというものだ。

「お前の味噌汁、最高に美味いな」

父はよっぽど美味くないと歩を褒めないが、西条は意外にもほとんどの料理を手放しで褒めてくれる。というよりもふだんよくけなされているから、いいものは褒め、悪いものには容赦ないタイプなのかもしれない。

「そういえば西条君…」

ご飯を食べて機嫌よくなっている西条を眺め、歩は今日こそ失敗しないようにしようと何気ないふうを装って首を傾《かし》げた。

「西条君、いつから一人暮らししてるの？　実家ってまだ昔のまま？」

もし西条の実家が以前のままだと言うなら、中学校の卒業名簿を見て自宅の住所を調べられる。もし引っ越していたなら、話は厄介だ。この西条から実家を聞き出すのは至難の技だろう。

「昔のままだけど？　俺は大学の時からここで一人暮らししてる。まぁ給料増えたし、もっといいところに越そうと思ってるんだけどな」

「そうなんだー」

西条の実家が昔のままなら、同じ県内だし、次の休みの日にでも訪れてみるしかない。家の人には怪しい目で見られるかもしれないから、何か口実を探さねば。

「お前は何で家、出たんだ？」

食べ終えた西条が皿を片付けながら聞いてきた。昨日は殿様みたいに放置だったのに、一日で何があったのだろう。

「俺は父さんが一人暮らししろって…追い出されたんだよ」

「へぇ…。この前会ったあの強面《こわもて》のヒゲの親父《おやじ》だろ？　ぜんぜん似てねーな」

「小さい頃の父さんと俺はそっくりだったみたいだよ。だから俺も十年くらいしたらああなるかも…って、西条君、どうしたの!?」

振り向くと西条が腕をまくって皿洗いしている。仰天して歩が大声を上げると、西条が皿を磨きつつムッとした顔で歩を見る。

「皿洗いくらいでそこまで驚くか…」

「だってあの西条君が！」

立ち上がって流しを覗き込むと、腹を立てた西条に軽く蹴られた。本当に今夜の西条は一体どうしてしまったのか。西条はむすっとした顔のまま泡立てたスポンジで皿を次々と重ねていく。

「…お前の飯、マジで美味いから今後も食べたいだけだ。迷惑ならやめるけど？」

「迷惑じゃないよー。でも…びっくり。西条君でも気を遣うことあるんだねぇ…」

心底驚いたのでまじまじと皿洗いをする西条を見つめてしまった。さらに意外だったのはわりと慣れた手つきだったことだ。西条は手早く全部の皿を水で流し、水切りラックの中に入れていく。ついでに拭《ふ》くと言っていたが、我が家には食器棚がないのでそのままにしてもらった。

「疲れてたみたいだけど、平気なの？」

再び座布団に腰を下ろした西条に茶を入れて尋ねると、驚いた顔が返ってきた。

「よく分かるな…」

「あんまり寝てないんじゃない？」

「何で分かる」

ぎょっとした顔で聞かれ、あやうく後ろに憑いているものが、と言いかけそうになった。せっかく気分よく皿洗いまでしてくれたのに、それを壊すなんてもったいない。

「顔色よくないからさ。ちょっと寝てく？　布団、出そうか」

　来客用の布団などないから自分の布団で我慢してもらうしかないが、部屋に戻るよりここで寝たほうが多分眠れるはずだ。

「お前、寝込みを襲う気か」

　茶化して言われ、真っ赤になって首を振った。

「しないよ！　もう、俺そんな野蛮なことしないよ！」

　慌てて否定すると西条がおかしそうに笑った。

「お前があの親父くらいのガタイだったらできそうだけどな。まぁ、でも十年経っても無理だろ。お前成長、中学で止まってんじゃん」

「えーん、そんなー」

　笑い話をしているうちに西条はごろりと横になり、座布団を二つに折って頭を載せた。

「これでいーわ。ちょっと寝かせて。すげー眠くなった」

あくびをしながら西条が寝やすい体勢に変える。

　西条は二、三分ですぐに眠りについたみたいで、軽い寝息が聞こえてきた。

（これだけのものが憑いてたら、熟睡なんてそりゃできないよなぁ…）

　西条にまといつく影は、今は鳴りを潜めている。歩がいるからだろう。多分一人でいる時は耳鳴りやラップ音に悩まされているはずなのだが、絶対に認めないところが西条らしい。せめて塩だけでも置いてみたらと言おうかとも思ったが、意固地になってやってくれないかもしれない。

(西条君って頑固なんだよなー)

毛布を取り出して、寝ている西条の身体にそっとかける。九月に入ってから夜はめっきり涼しくなり、そのまま寝ていたら風邪を引きそうだった。西条の寝顔は穏やかで、ふだんのクールな印象が消えている。歩はしばらくじーっと西条の寝顔を眺め、我に返って立ち上がった。

(こういうのまたキモイって言われちゃう)

今のうちに風呂でも入ってこようと考え、パジャマとタオルを抱え浴室に向かった。歩は長風呂なので出る頃には起きているかと思ったが、西条はすっかり熟睡している。いつ起こすべきかと思いつつ、せっかく気持ちよさそうに寝ているので手を出せないまま夜が更けた。

(困ったなぁ…)

寝ている西条の傍で、どうにかまとわりついている影とコンタクトをとれないかと話しかけてみた。だがちらちら見える若い女性の影も、その後ろに控えている大多数の影とも意思の疎通はできなかった。昭光ならこういう場合、無理やり霊を縛りつけ言うことを聞かせてしまうことができる。その点、歩は無能だ。がっくりきて霊視をやめた。

十二時を過ぎた時点で、とりあえず布団を敷き、西条を起こそうと決意した。西条はワイシャツにズボンのままだし、このまま寝たらきっと身体に悪い。

「ん…」

　布団を敷いている途中で西条が唸《うな》り声を上げた。目覚めてくれたことに安堵し、歩は西条の傍にしゃがみ込んだ。

「西条君、もう十二時過ぎたよ。そろそろ起きないと…」

　歩が声をかけると、西条が「うー」と唸《うな》って腕を伸ばしながら、ごろりと仰向《あおむ》けになった。目が開いても、まだ眠そうだ。

「あー…。何でお前の傍だとよく眠れんのかな…」

　あくびを一つして西条が呟く。そしてじーっと覗き込む歩を凝視してきた。

「な…何…？　あの、俺別に何もしてないよ」

　寝ている間に不埒《ふらち》な真似《まね》をしたと疑われたのではないかと思い、歩は懸命に首を振って無実を訴えた。西条が小さく笑う。

「お前って…よく見ると、そんなに顔悪くないんだな。その重すぎる前髪がよくないんだよ、あとだせぇ服とか、ぷにぷにしてる手とか」

　西条に見つめられながら客観的に評価され、歩はどういう顔をしていいか分からず目を丸くした。

「お前、ちょっと俺にキスしてみ」

　軽い口調で西条に言われ、歩はびっくりしすぎて尻餅《しりもち》をついてしまった。

「な、な、何を言い出すんだよっ!!」

　きっとまたからかっているのだろう。歩は真っ赤になって西条を睨《にら》みつけた。西条は右腕を頭の後ろに回し、歩を手招きしてくる。

「いや、何か今できそうな気分だから。せっかくいいって言ってやってんだから、早くしろよ。お前、俺のこと好きなんだろ?」

「え、えーっ、で、でも、あの…っ」

　せっつくように言われ西条から離れようとすると、いきなり腕を摑まれて引っ張られた。抗《あらが》えない力で西条の腕に引き寄せられ、歩は動揺して口をぱくぱくと開閉した。

「お前、童貞だっけ。キスも初めてなのか?」

　西条の顔が近くにあって、心臓がすごい勢いで速まり出す。声が出なくなって無言で何度も頷くと、明るい顔で笑われた。

「マジかよ、そりゃ大変だ。後学のためにも、やってみろって。ほら、お前だって男なんだし、少しはあるんだろ?　そういう欲望」

「えーっ、うわー、でもっ、あの、あの西条君、俺は…っ」

「早くしろって」

　焦ってまともな言葉にならない歩に、西条が焦《じ》れて額を指で強く弾く。あまりの痛さに額を押さえてうずくまり、歩は涙目で西条を見た。そこまで言うなら、やらせてもらおう。確かに男同士で、あの西条がキスを許してくれるなんて、こんなチャンス滅多にない。

「じゃ…じゃあ、いきます…」

耳まで真っ赤にして真剣な顔で告げると、おう、と西条が目を閉じてくれる。西条の顔の近くに手を置き、ゆっくりと屈み込んだ。

だがそれから先が、恥ずかしいやら焦るやらでなかなか進めない。間近で西条の顔を見ると、本当に整って美形だと見惚れてしまう。意外にまつげが長いのも驚きだし、何よりも西条の吐息が聞こえると心臓が飛び出しそうになった。

「まだかよ、てめぇ。遅ぇんだよ」

屈み込んだままぶるぶる腕を震わせている歩に、しばらくして西条が苛立《いらだ》ちながら目を開けた。その怒り声に後押しされて、歩はえいっと西条の口に顔を近づけた。ふにゅっと柔らかい感触がして、飛び跳ねるように西条から身を引く。

「や…柔らかい…」

初めてのキスの感触に興奮して歩は床にへたり込んだまま呟いた。経験したことのない感覚で、ぼうっと頭が痺《しび》れる。すると呆れたようなため息が聞こえてきた。

「お前、幼稚園児だってもっとまともなキスするだろ。何だそれは、俺を舐《な》めてんのか」

「え？」

西条ががばりと身を起こし、歩の肩を摑んできた。てっきりキスしたのを怒っているのかと思いびくっと震えると、急に西条がまたがってきて床に押し倒された。

「え、え…っ？　な…っ」

西条の体重がのしかかってきて焦る暇もなく、西条の顔が近づいてくる。呆然としている間に唇をふさがれ、歩は頭が真っ白になった。

「ん…っ、ん…っ、んーっ!!」

パニックに陥り西条を押しのけようとするが、よりいっそう深く唇を吸われ、身動きができなくなる。おまけにいつのまにか頭を抱え込まれ、自分では動けない体勢になっている。

（どっ、どうなってんの…っ!?）

ぬるりと生温かいものが唇を這《は》っている。歩は鼓動を速め、ガタガタ震えながら西条のシャツを摑んだ。先ほどから唇を吸われ、舐められ、熱い吐息が被《かぶ》さってくる。一体自分はどうなってしまったのかと怯《おび》え、歩は酸欠状態で意識を失いかけた。

「……おい、口開けろ」

耳朶《じだ》に唇をつけるようにして囁かれる。何も考えられず口を開けたとたん、自分が息をしていなかった事実に気づき、ぜいはぁと空気を吸い込んだ。苦しくて涙をためた目を開けると、西条が自分をじっと見下ろしていた。その目が真面目なことにどきりとして、また頰が紅潮した。

「さい…」

名前を呟いている途中で再び西条が屈み込み、唇を舐めてくる。ぞくりと身体が震え、硬直する。西条の舌が開いた唇の隙間《すきま》から潜り込み、歯列を辿《たど》った。もうどうにもできなくて、ただ西条が解放してくれるのを願いながら、吐息を震わせていた。

「ん…う…」

他人の舌が口内で勝手に蠢《うごめ》く。唾液《だえき》が絡まり気持ち悪いのに、ひどく興奮して息が乱れた。それが自分の舌とぶつかり、絡まり合うと、腰が熱くなって信じられないほど気持ちよくなる。自分がどうなっているのか分からなくて、歩は西条のシャツを握ったまま唇を震わせていた。

「…う…っ、あ…っ、はぁ…っ」

ちゅっ、ちゅっと音を立てて西条が上唇を吸ってくる。ふやけてしまいそうなほど唇を吸われ、目がとろんとしてだらしない顔になってしまった。西条の指先がこめかみから耳朶を辿る。

「…信じられねぇ、俺お前とできそう」

甘く耳朶に歯を当てて、西条が囁く。びくりと歩が身を竦めると、西条が匂いを嗅《か》ぐように首筋に顔を埋めてきた。

「お前の匂い…けっこう好きかも」

音を立ててきつく首筋を吸われ、「ひゃわ…っ」と変な声が上がってしまった。

「…やべぇ、マジで勃《た》ちそう。男なんて絶対無理と思ってたけど、相手によるんだな」

かすかに上擦《うわず》った声で呟き、西条がやっと身体の上からどいてくれた。歩はまだ鼓動を速め、身動きもできずにいた。

「お前はしっかり勃起《ぼっき》しちまったみたいだな。手でいいなら抜いてやろうか？」

下腹部をするりと撫《な》でられて、歩は奇声を発して部屋の隅へ飛び退《すさ》った。触られて初めて自分が勃起していたのを知った。ズボンの上からでも分かるくらい大きくなっていたのかと思うと、恥ずかしさで冷や汗が流れる。

「い、いい、いい、いいです、けっこうです」

膝を抱えて激しく首を横に振ると、西条がおかしそうに笑った。

「今日は何の準備もないし帰るわ。寝かせてくれてサンキュー。飯も美味かった。明日も来ていいか？」

立ち上がって脱いだ上着を拾いながら西条が尋ねてくる。とても西条の顔を見ることができなくて下を向いたまま今度は縦に首を振ると、また西条が笑った。

「お前には刺激が強かったか。じゃあな」

いつもと変わりない様子で西条が部屋を出て行く。一人きりになってやっと顔を上げ、歩は先ほどまでの行為を反芻《はんすう》し、再び真っ赤になった。

(な、何でこんなことに…？　でもすごい気持ちよかったぁ…キスってあんな気持ちいいんだぁ…。あーどうしよう、頭がおかしくなりそう)

西条にキスされた行為を思い出しては、身悶《みもだ》えして床をごろごろと転げ回った。どうして西条があんなことを言い出したのか分からないが、キス一つでこんなに興奮するとは思わなかった。好きな相手だからだろうか。

「……」

天井を見上げ、そろそろと手を下腹部へ伸ばす。そこはまだ熱く火照《ほて》っていて、出さなければ治まりそうにない。歩は隣に気づかれないようにと、静かにズボンと下着を下ろし剝《む》き出しになった性器を握った。

「…っ、はぁ…っ」

機械的に扱《しご》き上げ、なるべく早く達してしまおうとする。下着の中で張り詰めていたそこは、歩が手を動かすとすぐに濡《ぬ》れてきた。ふだんは自慰をすると虚《むな》しくなるので歩は時々しかしない。それに下手なのかあまり気持ちよくなれずにいた。ところが今日に限ってはキスされた情景を思い出しただけであっという間に射精してしまった。終わってもまだ頭がぼうっとしているくらいで、我ながら驚きだった。

精液で濡れた手をじっと眺め、西条にしてもらったらどんなふうになってしまうのだろうと想像した。

「うわー…っ」

想像したとたんうろたえて、歩はティッシュで汚れを拭くと大急ぎで布団に潜り込んだ。明日西条とどんな顔をして会えばいいか、分からなくなっていた。

次の日はバイト中が悲惨だった。キスされたことを思い出しては客の前で挙動不審になったり、品出し中のバケットをぶちまけたり、呼ばれても意識が遠くへいってしまい答えられない、という状態で、まだ二時間残っているのに大芝《おおしば》に「もう帰っていいよ」と言われてしまう始末だった。よくよく考えればまるで中学生のようだと情けなくもなった。今までキスやセックスといったものにまるで興味がなかったのに、実際試してみたらとてつもなく理性が吹っ飛ぶ代物だったのは驚きだ。価値観がいっぺんに引っくり返ってしまった気がした。修行僧が姦淫《かんいん》を禁じるわけだ。これはとんでもない魔力がある。

（もう俺、何浮かれてるんだよ。そうじゃなくて俺は西条君を助けなければいけないのに）

何度もそう戒めようとしたが、キスという単純な行為だけで、思考が散漫になった。このままではいけないとコンビニを出る前に頭から水をかぶってみた。水は冷たかったが、あまり効果はない。早く帰れと大芝に怒られただけだった。

早めに家に帰れたので歩は炊き込みご飯を作り、物思いに耽《ふけ》りながら夕食の仕度を始めた。今夜は手羽先にした。甘辛く煮たたれをからめ、胡麻《ごま》をまぶす。西条の好みが分からなかったのでスパイスの効いたたれにもからめ、二種類作って並べておいた。野菜と漬物を添えてテーブルに並べていると、チャイムが鳴った。

「は、はい…っ」

ぎくしゃくして玄関のドアを開けると、西条がレジ袋を抱えて立っていた。

「よっす。あ、すげーいい匂い。もしかして手羽先？　くーっ、すげぇ好物」

レジ袋を歩に押しつけて、西条が勝手にどかどかと入ってくる。何だろうと思って中を開けると、缶ビールが山ほど入っていた。

「一緒に飲もうぜ」

明るい顔で言われ、ぎこちなく頷いてテーブルに缶ビールを二本置いた。残りは冷蔵庫にしまい、さっそく西条のためにご飯と味噌汁を用意する。

「ひゃあああ‼」

味噌汁をかき混ぜていたところに、いきなり背後から西条に抱きしめられ、素っ頓狂な声を上げてしまった。

「うるせーよ。近所迷惑」

「だだだって、な、ななにを…っ」

硬直した状態で聞くと、西条が耳朵の後ろ辺りに鼻を寄せて匂いを嗅《か》いできた。西条の顔が首筋に当たって、緊張のあまり振り向くこともできない。

「あー、やっぱお前の匂い好きだな…。昨日は風呂上りだからかなと思ったんだけど」

うろたえているのは歩ばかりで、西条は何でもないことのように一人納得して呟いている。するりと西条の腕が腰から離れ、歩は止めていた息を吐き出した。おそるおそる振り向くと、西条はシンクにもたれかかり、面白そうな顔で歩を見ている。

「なぁ、明日日曜だしバイト休みなんだろ?」

「う、うん。そ、それが何か…」

強張《こわば》った身体が元に戻らず、歩は少しずつ西条から身を離して問いかけた。これ以上接近していると、頭に血が上って失神しそうだった。

「じゃあ今夜セックスしてみない? 俺、お前とならできそう。ローションも買ってきたし」

「……っ!!」

天と地が引っくり返りそうな発言をさらりとされ、あと少しで歩はその場に昏倒《こんとう》しそうになった。今や歩の顔は真っ赤を通り越して真っ白になっている。

「な…っ、だ…っ、そ…っ」

言葉にならずに足をガクガクさせていると、西条におたまを奪われて味噌汁を二人分注がれた。西条は手際よくご飯も茶碗に盛り、勝手に席に着いている。

「早く食おうぜ、冷めたらもったいないだろ」

西条が初めて手を合わせいただきますと告げている。歩はしばらく茫然《ぼうぜん》自失としてシンクの傍に突っ立っていたが、やがて呪縛《じゅばく》が解かれのろのろとテーブルの前に腰を下ろした。

西条とセックスをする。

信じられない言葉に、食事を始めてもご飯が咽を通らなくなっていた。確かに昨夜は西条とキスの先の行為をしたらどんなだろうと思いはしたが、こんなふうに軽々しく抱き合っていいものだろうかと不安が頭を過《よ》ぎった。自分は西条を好きだが、西条は自分を好きというわけではないのに。

西条は行きずりの女と寝るのが楽でいい、と言っていた。歩もそのうちの一人になるのだろうか。

「あー美味ぇ…、マジでお前店開けよ。俺、常連になる」

歩の心も知らず、西条は料理を絶賛して美味そうにご飯を食べている。

ぎこちなく箸《はし》を動かし、歩は自分の心が分からなくなって戸惑った。


風呂を出たら俺の部屋に来い、と言い捨てて西条は自分の部屋に戻っていった。

とりあえず風呂に入ったものの、歩は心が沈んでしまってなかなか浮上できずにいた。あれだけ浮かれていた気分が、西条の誘いで一気に冷めてしまったのだ。たとえ西条が単なる気まぐれで自分を抱こうとしているとしても、滅多にないチャンスなのだから深く考えることはない、と頭では分かっていても、気楽に身体の関係を持とうとする西条が信じられなくて西条の部屋に行く気になれない。

セックスというものは好き合っている者同士が行うものではないだろうか。

(何か俺の心、しぼんだ…)

西条とのキスは純粋に嬉しかったが、それ以上を軽い気持ちで求められ、急速に心が萎《な》えていく。西条の試してみたい、という気持ちが透けて見えたせいかもしれない。西条と自分のセックスに対する意識がまるで違うということも含めて、やはりこんな気持ちでするのはよくないと考え直した。

(断ろう)

チャンスだったかもしれないが、どうしてもその気になれなくて歩は断りに行こうと決めて、部屋を出た。

「遅ぇよ。早く入れ」

チャイムを鳴らすとすぐに西条が出てきて歩の手を引っ張った。慌ててそれに抵抗して、中に入らないという意思を見せる。

「さ、西条君！　俺、やだ…。やらないから…断りに来ただけ…」

俯いて足を踏ん張ると、西条が驚いた顔で手を離した。

「何で」

「何でって…。だって西条君、別に俺のこと好きじゃない…し…」

たどたどしく呟いて、思い切って西条を見上げた。西条はあからさまに面倒くさいという顔をしている。その顔を見たら余計悲しくなってもう帰ろうとした。

「だから帰ります…」

「待てよ、好きとか言ってほしいのか？」

逃げかけた歩の腕を摑んで、西条が強引に中に引っ張り込んでくる。開いていたドアが閉まり、歩は怯《おび》えて西条を見つめた。

「そうじゃなくて…こういうのは好きな人同士がするものだから…」

自分と西条の考え違いを分かってもらおうとして歩が呟くと、西条が眉を顰めて片方の腕も摑んできた。

「そういうの俺、分からねぇ。好きとか、他人に感じたことない」

びっくりする発言をされ、歩はぽかんとして踏ん張っていた力を抜いてしまった。

「そ、そんなわけないでしょ。今まで誰かを好きになったことくらいあるはずだよ」

「ない。うざいと思ったことしかない」

「お、お父さんとかお母さんとか…あ、お父さんは亡くなってるんだっけ…？」

即答されて逃げ道を探すように問い返した。いくらなんでも両親にくらい愛情はあるはずだ。

「よく知ってんな。親父はとっくに死んだ。母親は特にうぜぇ。だから家、出てんだろうが」

「え、えー…っ、で、でも付き合ってた人だっていたんだよね…?」

「あいつはしつこかった。付き合ってくれなきゃ死ぬって言うから、断るのが面倒で付き合ってやっただけだ」

何かを思い出したのか、西条の顔が曇る。

「そんな…。あ、あのじゃあお祖母《ばあ》ちゃんとかは…?」

西条を心配して出てきた老婆を思い出して尋ねると、少しだけ西条の顔が柔らかくなった。

「ばあちゃんは嫌いじゃねぇよ。でも俺が小学校の時死んじまったから、よく覚えてない」

呆然として西条を見つめ、歩は中学生の頃から西条はまったく変わっていないのだなと変に感心した。あの頃も他人を拒絶していた西条は、未だに他人を拒絶している。それにしてもこれまで誰にも好きという感情を抱かなかったのは歩にとって脅威ですらあった。

「わ…っ」

歩の両腕を握ったまま、西条が顔を首筋に近づけてくる。焦って後ろへ仰《の》け反ると、壁に当たってそれ以上逃げられなくなった。西条は歩の匂いを嗅ぐように密着してくる。

「…お前の匂いは、今まで会った中で一番好きだ」

どきりとして歩は息を止めた。

「それじゃ駄目か?」

端整な顔に間近で見つめられ、歩は駄目と言えなくなった。真っ赤になって西条の瞳に吸い込まれそうだと思っていると、確かめるように西条が唇をそっと重ねてくる。ちゅっと音がして西条の唇が離れ、自然と目が潤んできた。

「お、俺…西条君が好きなんだ…」

震える声で告げると、西条が摑んでいた腕をわずかに弛める。

「だから…遊びとか…だったら、やめて…ほしい」

理由は分からないが勝手に目がうるうるしてきて、西条を見つめながら涙がぽろりと落ちてしまった。

「遊びとか…本気とか…正直、分かんねぇ」

低く呻き、西条が手を離した。西条の熱が離れていったのを残念に思い、歩はごしごしと目を擦《こす》った。

「――お前、昨日俺が帰った後、抜いた?」

ふいに焦るような質問をされ、歩は真っ赤になって顔を上げた。西条は別段からかうつもりはないらしく、目を逸らして髪を搔き上げている。

「俺は、抜いた。するつもりなかったのに、お前で抜いちまった。そんなの初めてだったから、けっこうショックだった」

さらに衝撃的な発言をされ、歩は背筋を震わせた。

「だから想像じゃなくて現実のお前としてみたいって思ったんだよ。男とやるのなんて初めてだし、好きとか言ってもいいけど途中で萎えるかもしれねぇ。分かんねぇけど、こうしてる今もお前としたいって無性に思うよ」

正直に自分の気持ちを伝えてくる西条に、歩はドキドキして全身が熱くなった。指先も震えてくるし、西条から視線が逸らせない。

「そういうのが駄目なら、諦《あきら》めるから、もう帰れ」

最後はいつもの西条らしく告げられ、反射的に歩は西条の手を摑んでいた。

「か…帰らない…」

ぎゅっと西条の手を握って小声で呟く。西条の本音は今の自分にはひどく嬉しいものだった。思った以上に西条の心が自分にあった。それが分かって暗かった心が晴れていく。西条は分かってないみたいだが、今まで他人を好きと思ったこともないのに、自分に対して行動したいと思わせたなんてすごい。

「お前はツンデレか」

手を握った歩を、西条が笑いながら引っ張った。

ベッドに腰を下ろすと、急に緊張感が高まってきた。未経験の歩は何をどうすればいいのかさっぱり分からない。ベッドに乗り上げてきた西条に怯え視線を泳がせる。

「お、俺、何してればいいの？」

「お前は寝転がってりゃいいよ」

軽く肩を押されて言われ、歩は素直にベッドに横たわった。だが西条が覆い被さってくると、とたんに恥ずかしくなり、大声で「わーっ‼」と叫んでしまった。

「うるせーよ、何だ」

「だ、だって圧迫感が…っ、あと電気…めちゃくちゃ明るいです…」

西条はちらりと蛍光灯を見上げ、考え込むそぶりで歩の前髪を搔き上げた。

「消さなきゃ駄目か。俺、明るいところでやるほうが興奮する」

額にキスを落として西条が呟く。

「え…っ、でも俺の身体なんて見ても面白くないと思うし…っ」

キスが徐々にこめかみから、耳朶、首筋へと降りていく。唇には長く留まり、歩の唇を濡らすくらい舐められた。西条が触れていくたびにびくっと震えながら歩は「電気を…」と呟いた。

「平気だろ、お前の肌綺麗だし」

いつの間にかパジャマの前を開いて、西条が手のひらで上半身を撫で回していく。直接素肌を触られて、一気に顔が赤くなった。

「前から思ってたけど、お前ってぷにぷにだな。でも触り心地は悪くない」

マッサージするように胸を撫で回され、歩は顔を横に向けて所在無く手を口元に持っていった。どうやら本当に電気を消してくれないと知り、なるべく変な顔を見られないようにと顔を背けるが、西条はおかまいなしに指で乳首を摘《つま》んできた。

「ひゃ…っ」

指でぐねぐねと乳首を引っ張られ、つい変な声が上がってしまう。

「ここ、感じるか?」

試すように西条が乳首を弄《いじ》ってくる。最初はびっくりして声を上げてしまっただけなのだが、西条に乳首を刺激され、少しずつ変な感覚が腰に伝わってきた。

「く…くすぐったい…かも…」

自分の中に生まれてきた感覚を表現するのに近い言葉が見つからなくて、歩はとりあえずそう告げた。くすぐったいというか、変な感じがする。

「尖《とが》ってきたな…くすぐったいなら、そのうち感じるかも。もうちょっと弄ってみようぜ」

やや強めに乳首を指で擦り、西条が呟く。まるで自分の身体を研究されている気がして、歩は居心地悪くなった。西条は熱心に歩の乳首を指で弄っている。

「わ…分かんない…けど、あの…、ひゃわ…っ!!」

もういいよ、と言おうとした矢先、西条が屈み込んで舌で乳首を舐めてきた。柔らかな舌先に包まれて、ぞくぞくっと背筋に電流が走る。

「や…っ、は…っ」

舌先でねっとりと乳首を嬲《なぶ》られて、じんと腰が熱くなる。舌で乳首を弾かれると、くすぐったいような感覚が消え、代わりに切ない感覚に襲われた。

「う…っ、ん…っ」

西条はわざと音を立てて乳首を吸い、歯で甘嚙《あまが》みしてくる。もう片方の乳首は指で擦られ、しだいにはっきりとした甘い痺れが腰に伝わってきた。

「ん…っ、ん…っ」

いつ止めてくれるか分からない愛撫《あいぶ》を受け、歩はかすれた吐息を漏らしながらもじもじと腰を揺らした。

「乳首けっこう感じるんだな…つかお前の乳首ってピンク色でびびるわ…」

歩の胸から顔を離して西条が感心した声で告げる。視線を向けると自分の乳首が両方ともぴんと尖り、唾液で濡れているのが見えた。何だかとてつもなくいやらしいことをされたみたいで顔が赤くなる。

「へ…変、ってこと?」

「いや、可愛い」

上半身を起こして、西条が両方の乳首を指でコリコリと刺激してくる。すでに指で弄られるたびに熱が腰に伝わっていて、気を弛めれば変な声が飛び出しそうだった。西条は歩の腰が跳ねるようになると、全体を手のひらで撫で回し、再び屈み込んで舌で乳首を叩いてきた。長い時間胸への愛撫をされ、歩は息が乱れてきてしょうがなかった。

「そ…それ…いつまでするの…？　…う…っ、や…っ」

もどかしい状態が続き、耐えかねて歩はかすれた声で問いかけた。

「下、触ってほしいんだろ」

乳首から顔を離して、面白そうに西条が囁く。同時にズボンの上から下腹部を撫でられ、大きく身体が跳ね上がってしまった。触られて初めて自分のそこがガチガチに張り詰めていたのを知った。それどころか濡れているかもしれないと気づき、顔を手で覆った。

「さ、西条君、俺やばいかも…」

腰をひねって赤くなった顔を隠していると、西条が笑ってズボンに手をかけた。

「脱がすぞ」

ゆっくりとパジャマのズボンを下着ごと引き摺《ず》り下ろされて、歩は飛び出てきた性器に全身を震わせた。

「み、見ないで…」

すでに先走りの汁を垂らしている性器に羞恥心《しゅうち》を覚え、歩は両手で股間《こかん》を覆い隠した。すぐに西条が歩の手をどかし、まじまじと覗き込まれる。

「何だ、剝《む》けてるのか。俺はてっきり…。それにしても、へぇ…もっと嫌悪感あるかと思ったけど…むしろ興奮するかも…。お前のって何か綺麗な色だな。俺も中学の時はこんなだったかな、あんま覚えてねぇけど…」

じっくりと勃起した性器を見つめられ、恥ずかしさで失神しそうだった。西条は歩の勃ち上がった性器に手を絡め、上下に扱き上げる。

「うあ…っ」

他人の手で初めて扱かれて、信じられないくらい気持ちよくなってしまい、腰がびくついた。くちゅくちゅと西条が手を動かすたびに濡れた音が室内に響く。自分の先走りの汁が西条の手を汚していると思うと、我慢できないほど快感が迫《せ》り上がってくる。

「ひゃ、あ…っ‼」

やばい、と思った時には大きく声を上げて、あっという間に射精してしまった。勢いよく白濁した液が腹や胸まで飛び散ってしまう。歩も驚いたが、西条はそれ以上にびっくりしたようで、反射的に手を離した。

「お前…っ、イくならイくって言えよ…っ、早すぎるだろ…っ、びびった…っ」

「だ、だって…っ、だって気持ちよくて…、ごめん」

はぁはぁ息を吐き出して歩が情けない顔で謝ると、西条がうっすらと赤くなった顔で精液で濡れた手を眺める。

「男ってイったのが分かりやすくていいかもな…。あー何か俺、新しい扉を開いてしまった気分だ」

ベッドの下に置いてあったティッシュを手にとり、西条が手を拭きながら呟いた。汚れたティッシュを丸め床に放り投げると、西条が着ていたTシャツを脱ぎ捨てた。初めて見る厚い胸板に思わず見惚《みと》れ、歩は乱れた息づかいを必死に鎮めようとした。西条は歩の前で見せつけるかのようにズボンを下ろし、床に落とした。下着の上からも西条のモノが大きくなっているのが分かり、歩は動揺した。

「処女とやってるみたいで調子狂うな…、おい俺の見てもびびるなよ」

わずかに躊躇《ちゅうちょ》するように断りを入れてから西条が下着を下ろす。ぶるりと重たげに出てきた性器に歩は息を呑み、目を釘付けにした。西条のモノは赤黒く怒張して反り返っている。歩の性器と比べると大きさも色も大人と子どもくらいの差があって呆然とした。

「お…お父さんのみたい…」

その存在感に圧倒されて素直な感想を告げると、西条が脱力して額に手を当てた。

「お前、やってる最中にお父さんとか言うのやめろよ、デリカシーのねぇ奴だな…」

「だ、だってすごい大きいんだもの…」

西条の性器はグロテスクで卑猥《ひわい》な感じがした。使い込まれているとでも言えばいいのか、怖い感じすらするのに目が離せない。

ふと西条がサイドボードからボトルを取り出し、手のひらに中の液体を垂らす。

「足、開け」

西条に指示されて、おずおずと足を開く。何だろうと思ってじっと見ていると、その液体を尻のはざまに塗りつけられて、仰天して両足をばたつかせた。

「な、何するのっ!?」

「…びびってなかったのは、分かってなかったからか。お前、男同士のセックス知ってんの？」

ぬるぬると尻のはざまを粘度のある液体で濡らされ、歩は目を白黒させて腰を引こうとした。だが西条の腕ががっしりと太ももを挟み、動けなくなってしまう。

「お、男同士のセックスって？」

蕾《つぼみ》を念入りに濡らされて鳥肌を立てると、ずぶりと指が中に入ってきた。焦ってじたばたもがくが、西条の指はぬめりを伴って奥まで入ってきてしまう。

「ここに俺のペニス入れて、ずぼずぼすんだよ。どうせお前分かってねーだろと思ってネットで調べといた。じっくり慣らせば最初でもそんな痛くないらしいぜ」

声にならない声を上げて、歩は真っ青になって硬直した。まったく知識がなかった。まさか西条のその大きなモノを尻に入れようというのか。

「し、死んじゃうよ！　そんな大きなモノ入れたら！」

青ざめて大声で訴えてみたが、西条は「大げさだな」と呟き指でぐるりと襞《ひだ》を撫でる。確かに西条の言うとおり分かってなかった。西条の性器を見ても、それが自分の中に入るところなど想像していなかったから、平気でいられたのだ。

「いきなりは入れねぇよ…。ちゃんと感じる場所もあるから、そんなびびるな」

なだめるように西条の指が一度中から出ていき、臀部《でんぶ》から前へと回る。歩の性器は衝撃の事実にすっかり萎えていて、西条が手で扱いても反応しなかった。

「西条君…気持ち悪いよぅ…」

性器への刺激は諦めて、再び西条の指が尻の奥へと潜り込んでくる。異物感でいっぱいになり目をぎゅっとつぶってシーツの上に縮こまる。西条は歩のことなど素知らぬ顔で液体を増やし、指の出し入れを繰り返した。最初はきつく閉じていたそこも、西条が指を動かすたびに少しずつほころんでいく。

「そんな亀みたいになってんな。気持ちいいとこ探すから」

奥を広げられた感触があって息を詰めると、西条が二本の指を根元まで入れてくる。気持ちいいどころか苦痛を感じ、歩は心臓をドキドキさせた。どう言えばやめてくれるだろうかと考えを巡らせ、歩は西条を見上げた。

「ここら辺…かな、どこか教えて」

歩よりも先に西条が口を開き、中に入れた指をくっと曲げてくる。西条の指は腹側の襞を探るように擦ってくる。内部を二本の指で擦られ、歩は苦しげに息を吐き出した。

「あ…っ」

――ふいに、身体のスイッチを押されたみたいに、無意識のうちに甲高い声が漏れた。

「や…っ、な、何…？」

続けて同じ場所を指で擦られ、勝手に腰がびくびくと跳ね上がってしまう。

「ひゃ…っ、あ…っ、ちょ…っ、そこ、やだ…っ」

得体の知れない熱さが内部から広がって、歩は腰を震わせシーツを乱した。感じる、と一口に言ってしまうには経験のない感覚だった。西条が指で擦るごとに、体温が上がっていく気がする。

「ああ、ここか。すげーな、ちょっと触っただけですぐ勃つんだ…」

中に入れた指を動かされ、歩は息を詰めて必死で口を手で覆った。口をふさいでいないと変な声が飛び出しそうだった。西条の言うとおり萎えていた性器が、今や腹につきそうなほど反り返っている。

「…っ、ひ…っ、う…っ、うう…っ」

指の腹で内部を強く突かれ、声を殺すのがやっとなほどだ。自分の身体が信じられない反応をしていて、頭がおいつかない。目が潤んできて懸命にはぁはぁと息を吐き出していると、西条が入り口を広げて三本目の指を入れてきた。

「ひ…ぃ…っ」

痛さと気持ちよさが入り混じって、涙がこぼれていく。

「声、出せよ。出さないと苦しいだろ」

抱えた太ももに舌を這わせて西条が囁く。西条の指は奥ではなく入り口を広げる動きに変わり、出したり入れたりを絶え間なくされた。尻のはざまはもうぬるぬるで、シーツを汚しているのではないかと気になる。

「う…っ、ふあ…っ、ぅ…っ」

出せと言われても、上手く声が出せない。三本の指で蕾を広げられ、苦しくてたまらないのに、時々腰が浮くほどの快感が訪れる。だんだん苦しいのか気持ちいいのか分からなくなって、歩は頭をシーツに擦りつけた。

「三本入るようになったし、もう大丈夫かな…」

西条が指を抜き取り、ボトルから垂らした液体で自分の猛《たけ》ったモノを濡らした。本当にあれが入ってくるのかと思うと、自然と腰が逃げてしまう。やっぱりあんな大きなモノを入れるのは怖い。

「ピース、後ろ向いて」

西条に促され、歩はハッとして目を見開いた。西条にピース、と呼ばれたのは初めてだ。というよりも西条はいつも歩をおい、とかお前、とかしか呼ばないので、びっくりしてしまった。

「な…名前、呼んでもらってもいい…?」

気づいたら口が勝手にそう告げていた。西条が戸惑った顔で目を丸くし、ふっと柔らかい表情になる。

「やだよ」

笑いを含んだ声で言われ、シーツの上に四つん這いにされた。がっかりしていると尻のはざまに熱が押しつけられる。

「息、吸え」

命令されて乱れた息遣いで懸命に息を吸い込むと、ぐっと硬いモノが後ろにめり込んできた。想像以上に熱い塊がゆっくりと潜り込んできて、歩はやっぱり無理だと青ざめ、身体を前へ逃がそうとした。だがそれを阻止するように西条の腕が腰を抱え、やや強引に熱を押し込んでくる。

「ひ、あ…っ、あ、あ…っ」

大きなモノで内部を目一杯拡張されて、耐え切れず甲高い声を発した。それでも西条は動きを止めずぐいぐいと性器を進めてくる。

「や、あぅ…っ、ひ…っ、くるし…っ」

身体を引き裂かれる気がして、無意識のうちに身体がわなないた。どっと汗が噴き出し、苦しくてシーツをぎゅっと掴む。はぁっ、と西条の熱い吐息が背中にかかり、やっと動きが止まった。

「すっげ、キツイ…。半分しか入んねぇ…」

西条の声がかすれていて、歩だけではなく西条も苦しいのだと分かった。どうにかしたくても、内部に入っている西条の存在が大きすぎて、身体から力が抜けない。

「あ…っ」

すっと西条の手が前に回り、挿入の痛みに萎えかけた歩のモノを扱き始めた。西条の手が歩の快楽を引き出すように性器をこねくり回す。大きな手で乱暴に扱かれたかと思うと、先端の小さな穴を指でぐりぐりと擦られる。性急な性器への責めに、歩は腰を熱くした。

「ん…っ、う、あ…っ、はぁ…っ」

徐々に硬度が戻り、歩の性器が勃ち上がると、内部に銜《くわ》え込んでいる西条の存在が苦しくなくなってきた。繋《つな》がった場所から強張りが解けていく。

その隙《すき》を狙《ねら》って、西条が一気に根元まで猛ったモノを突っ込んでくる。

「やあああ…っ」

ずんっ、と奥まで突き上げられた衝撃に、歩は仰け反って大声を上げてしまった。はぁはぁと西条の息も上がっている。

「ちょっと体勢、変えるぞ…。俺にもたれかかれ」

息を乱して西条が歩の身体を抱えたまま、後ろへ移動する。西条はベッドにあぐらをかくような体勢になり、その腕の中へ歩を座らせてきた。繋がった状態で西条にもたれかかると、自分の重みでぐっと奥まで熱いモノが入ってくる。

「う…っ、あ、あ…っ」

串刺《くしざ》しにされた気分で西条の胸に背中をもたれさせると、ひどく密着しているのに気がついた。背後の西条の熱さに戸惑う。西条は歩の匂いを嗅ぐように鼻先を首筋に近づけ、舌で舐めてきた。

「歩…」

どきりとして歩は腰を震わせた。耳元で初めて名前を囁かれ、かぁっと顔が赤くなる。聞いたこともない西条の甘ったるい声に、全身が熱を帯びる。

「すげぇ気持ちいい…、動かなくてもイけそうなくらい…」

興奮した声で囁き、西条が耳朶をしゃぶってくる。自分の身体で西条が気持ちよくなっていると思うと、わけの分からない感情が迫り上がってきて、目が潤んできた。急に痛みがまるでなくなり、中にいる西条の熱さに腰が震えるほど感じてしまう。

「あ…っ、や、だ…っ、何これ…っ」

ひくりひくり、と銜え込んでいる西条を勝手に締めつけてしまい、うろたえて歩は泣きそうな声を上げた。頭が白くなるほど、中が気持ちいい。

「お前、感じてんの…? 中、うねってる…」

はぁ、と熱い吐息を耳に吹きかけ、西条が腰に回した手を胸元へ移動させる。きゅっと尖った乳首を摘まれ、歩は身を竦《すく》めた。

「や…っ、あ…っ、やぁ…っ、変、変だよ…っ、やだぁ…っ」

両方の乳首を弾かれて、甘い痺れが繋がった場所から全身を襲ってきた。身悶えて腰を揺らすと、中にいる性器が蠢《うごめ》き、嬌声《きょうせい》がこぼれてしまう。西条は首筋をきつく吸いながら、歩の乳首や性器を撫で回し、歩を乱れさせた。

「ああ…っ、やぁ…っ、んやぁ…っ」

もうどこを触られても気持ちいいとしか感じなくなってしまって、歩は引っ切り無しに甲高い声を上げた。すると少しずつ西条が腰を揺すってきて、さらに歩を前後不覚にした。

「ひあ…っ、ひゃ、あ…ぁ…っ、う、ああ…っ」

歩の足を抱え、西条が徐々に突き上げを大きくしてくる。硬くて太いモノが内部の感じる場所を擦り、歩は息を荒げて女の子みたいに甲高い声を上げ続けた。西条の息も激しく乱れている。歩はもう我慢ができなくなって、前に手を伸ばし先走りの汁でびしょびしょになった性器を扱き始めた。

「や、あ、ああ…っ、あー…っ」

大して擦りもしないうちに手の先から白く濁った液体が噴き出てくる。二度目の射精は今まで経験したことがないほど気持ちよくて、銜え込んでいる西条のモノをきつく締めつけてしまった。

「う…く…っ」

ぎゅーっと西条の性器を締めつけたせいか、西条が焦った声を出して中で達してしまった。繋がった部分がじわっと熱くなり、全身が痺れてしまう。

「…悪ぃ、中で出しちまった…はぁ…っ、はぁ…っ、こんなの初めてだ…」

息を荒げて西条が呻く。西条の動きが止まり、歩も全力疾走をした後のように息を吐き出した。獣みたいに激しく息を吐き、歩はぐったりと西条にもたれかかった。

「はー…っ、はー…っ」

西条は歩の息が落ち着くのも待たずに腰を抜き取り、歩をベッドに仰向けに寝かせてきた。今まで入っていたモノが抜かれても、まだ奥に西条を受け入れている感覚がある。西条を受け入れた部分が変だ。ずきずきしてじんじんする。

「ちょっと…もう一回、やらせて」

歩に覆い被さり足を抱え上げると、返事も待たずに西条が再び熱を押しつけてくる。びっくりして目を見開くと、まだ弛んでいるそこに西条がずぶりと性器を押し込んでくる。達したばかりだった西条のモノは、歩の中に入り、再び動き始める。

「嘘…っ、ま…っ、や、あ…っ、あ…っ、あ…っ」

両足を大きく広げられ、西条が今度は初めから激しく突き上げてきた。西条が動くたびにぐちゃぐちゃと濡れた音が響き渡り、歩は涙をためた目で嬌声を上げ続けた。もうわけが分から

なくなり、ひたすら甲高い声を上げる。痺れるような痛みを凌駕《りょうが》する勢いで、快楽が全身を包み込む。

「ひ…っ、あ…っ、あう…ぅ…っ、ひ、ン…ッ、やぁ…っ」

内部を張り出した部分で擦られると、たまらないほど気持ちいい。歩は自分がどんな声を上げているかも分からず、ひたすら突き上げてくる西条の熱に息を乱した。

「お前の声、エロいわ…、すげぇ…たまんねぇな…」

ぐぐっと西条が屈み込み、歩の唇を吸ってきた。思わず西条の首にしがみつき、泣きながら唇を求めた。気持ちよすぎて泣いてしまうなんて、本当にどうかしてしまったのかもしれない。

「んう…っ、う…っ、ふぁ…っ、あ…っ、あっ、やぁ…あ…っ」

西条に舌先を吸われ、ぞくぞくと背筋に熱いものが駆け上る。西条は歩の唇を唾液で濡らすほど激しく口づけながら、小刻みに腰を揺さぶり続けてきた。全身が熱くて西条の求めに応じるので精一杯だ。

「ああ…っ、あっ、も…駄目…っ、中、突かないで…っ」

絶え間なく内部を突き上げられ、しだいにおかしくなりそうで泣きながら懇願した。中で動かされ続け、内部は火傷《やけど》しそうなほど熱くなっている。一度イったせいか西条のモノはしばらく達する気配を見せなくて、歩は涙で濡れた顔で西条を見た。

「何で…？　これ、気持ちいいんだろ…、腰、びくついてる…」

熱っぽい息を吐いて、西条が深い奥を探ってくる。

「ひあ…っ、やぁ…っ、あ、あ…っ、ああ…っ、もうやだ…ぁ…っ」

もうどこを突かれても感じてしまって、歩は涙でぐしょぐしょになった顔で嬌声を上げた。突かれながら乳首を弄られると、仰け反るほど気持ちいい。自分がどれほど乱れた顔をさらしているのか考えるだけで憤死しそうだった。

「も…っ、許して…っ、やぁ…っ、やだ…ぁ…っ、あっ、ひ…っ」

子どもみたいに泣きじゃくって喘《あえ》ぎ出すと、西条が耳朶を強めに噛んで乱れた息を散らした。

「歩…中に出していい…?」

興奮した声で囁かれ、この責め苦が終わるならと歩は泣きながら頷いた。するとさらに西条の動きが激しくなり、歩は足を震わせて身悶えた。

「やあ…っ、あー…っ、あー…っ、ひ…っ、んぅ…っ」

壊れそうなほどに大きな動きで内部を突き上げられ、歩はシーツを乱して喘いだ。西条の息も乱れている。歩が逃げられないように西条は腰を抱え込むと、ぐっと奥まで性器を埋め込んできた。

「うぅ…っ、はぁ…っ、はぁ…っ」

内部で西条が大きく膨れ上がり、絶頂に達したのが分かった。どろりとした熱い飛沫《ひまつ》を中に叩きつけ、西条が腰を律動させる。ほぼ同時に歩も射精してしまい、自分の身体に精液を吐き出した。

「ひ…っ、は…っ、ひぃ…っ、うあ、あ…ぁ…っ」

歩は四肢を引き攣《つ》らせ、もう声も出ないほどだった。息が苦しくて懸命に酸素を取り込もうとするが、口の中がからからに乾いていて気持ちが悪いほどだ。西条が手を離し、ぐったりとしてシーツに身を預ける。

「はぁ…、はぁ…」

西条がずるりと性器を抜き出してきた。ごぷりと卑猥な音がして西条の性器と共に泡立った精液が歩の尻のはざまを伝う。その感触が全身がひくつくほど感じてしまい、恥ずかしかった。

「歩…」

歩の名前を呼んで、西条が覆い被さってキスをしてくる。腕を回す力もないほど疲れていて、歩は目を閉じて西条の唇が触れてくれるのを待った。重なってくる重みに心地好さを覚えて、歩は吐息を吐いた。


重い瞼《まぶた》を開けると、すぐ近くから視線を感じた。いつもと布団が違う、そう思った瞬間、じっと自分を見つめている西条《さいじょう》に気づき、すべてを思い出した。

「うわあ…」

窓からの陽が入っていて、室内は電気を点《つ》けなくても明るい。歩《あゆむ》は西条のベッドに、家主と一緒に寝ているという事態に恐れおののき、毛布を鼻の辺りまで引き上げた。西条はパジャマを着ていたがボタンは留めておらず、嫌でも昨日さんざんすがりついた胸板が目に入る。

「お…おはようございます…」

無言で自分を見つめている西条にとりあえず朝の挨拶《あいさつ》をすると、ああ、と鷹揚《おうよう》に西条が頷《うなず》いた。西条の視線がまとわりついてくる。これがラブラブビームだったら歩も照れ笑いの一つでも浮かべるところだが、西条のそれはまるで（何でここにこれが置いてあるんだろう？）という不思議そうな目つきだった。昨夜のことはすべて夢だったのかと疑いかけたが、少し動いただけであらぬ場所に重い痛みを発したので夢ではないはずだ。

「ど…どうしたの…？」

あまりに西条が自分を凝視しているので、耐えかねて歩は問いかけてみた。西条は枕に頭を載せて、長い腕を伸ばした。

「お前の馬鹿面、ずっと眺めてたんだけど…」

いきなりぐさっとくる言葉を投げつけられ、歩は頬《ほお》を引き攣《つ》らせた。

「俺、何でお前に手を出したんだろう？」

淡々とした声で呟《つぶや》かれ、歩は握っていた毛布をぶるぶると震わせた。それはつまり後悔しているという意味だろうか。やってみたらつまらなかったとか、やはり男相手は無理だったとか、顔が悪いから萎《な》えたとか――ぐるぐると嫌な想像が頭を過《よ》ぎり、血の気が引いていった。

「お前、女だったら絶対俺が手を出さない系なんだよな。家庭的で素直で素朴ないい子っつーの？　やり捨てできないし、責任とれないからそういうのは近寄らないようにしてたんだ。なのに何でお前とはやっちゃったんだろう。男だからか？　分からん…」

ひとり言のように西条が自問している。嫌な想像とは少し違うと気づき、歩はおそるおそる西条を見つめた。

「そ、それはそのう…どういう意味？　俺、やっぱりよくなかった？　もうしたくないとかそういう…？」

「何で。お前すげぇよかったよ、痛くないなら朝からやりたいくらい」

さらりと西条に言われ、赤くなりながらとりあえず嫌ではなかったと知りホッとした。

「お前は？　どうだった？」

西条の手が伸びてきて頰を撫《な》でられる。その触れ方が以前とまったく違うのにどぎまぎしつつ、歩はごろりと身体を動かし西条に擦《す》り寄った。

「気持ちよすぎて怖かった」

正直に昨夜の感想を告げると、西条の瞳が熱っぽくなった。すっと上半身を起こし、西条が歩の頭の脇《わき》に腕をついてくる。

「ん…っ」

音を立てて唇を吸われ、ドキドキして西条の吐息に唇を震わせる。すぐ離れるかと思ったが、西条の唇は歩の唇を味わうように食《は》み、舌でなぞってくる。

「さ、さい…、ん…っ、んう…っ、ふぁ…」

顎《あご》を掴《つか》まれ、口内を舌で探られた。朝から激しいキスに目眩《めまい》を覚えていると、いつの間にか毛布の中に西条の手が伸び、下腹部を握られていた。

「ま、待って、無理、お尻《しり》痛いから今は無理…っ」

焦って西条の胸板を押し返すと、やっと西条が動きを止めてくれる。

「じゃあ誘うなよ、お前今、絶対誘っただろ」

「さ、誘ってないよ！　誘ってない…そ、それに今日は出かけたいから駄目だよっ、今日は西条君の家に行かなきゃだし…っ」

焦るあまり余計な発言までしてしまい、一瞬場が静まり返った。あきらかに不審そうな顔で西条が自分を覗《のぞ》き込む。西条の実家に行こうとしているのは内緒のつもりだったので、歩は顔を引き攣らせて言い訳を探した。

「お前が今いるのは誰の家だ？」

両頬を手で挟まれて、西条が疑惑の眼差しで質問してくる。よかった、気づかれていない。歩は安堵《あんど》して誤魔化すように笑い出した。

「あ、あ…そうだよねっ、もう来てたっけ…あは、あははは」

笑いながら西条の手を離そうとするが、西条は疑いの眼差しを解かず、挟んだ顔も離してくれない。元来嘘のつけない歩は、強い視線で睨《にら》まれ、しだいに汗がだらだらと出てきた。

「そういえばお前、この前俺に実家の場所が以前のままかとか聞いてたよな…」

ふと思い出したように西条に呟かれ、どきりとして心臓が口から飛び出しそうになった。そんな歩の表情を西条が見逃すはずがない。

「――まさかお前、俺の実家へ行こうとしてたのか!?」

「ごめんなさい！」

大声で怒鳴られ、歩は反射的に謝ってしまった。呆《あき》れた顔で西条が手を離し、今度は大きな手で頭を摑んでくる。

「何しに行く気だよ、てめぇ！　まさか…っ、この前言ってた箱がどうのこうのってヤツじゃねぇだろうな!?」

勘のいい西条にぴたりと当てられて、歩は顔を強張《こわば》らせて両手を合わせて謝った。

「ごめん、でもどうしても知りたいんだよ！　だって西条君のお祖母《ばあ》ちゃんが言ってるんだもん、絶対大事なことなんだ！」

叫んだとたん、西条が容赦なくげんこつで頭を殴ってくる。痛くて頭を抱えながらも、歩は西条を睨みつけて起き上がった。

「怒られても行ってくるから！　西条君が持ってなくても、実家にあるかもしれないし」

歩が決意を固めて告げると、やや怯《ひる》んだように西条が上げた手を力なく下ろした。

「…勝手にしろ、馬鹿」

西条は軽く舌打ちしてベッドに寝転がると、歩に背中を向けてしまう。拒否を示す背中が悲しくなったが、歩は止められる前にとベッドから床に下りた。そこで気づいたのだが、いつの間にか身体の汚れは西条が拭《ふ》いてくれたようだった。礼を言いたかったが、今の西条は自分を拒絶している。

「う…」

床に散らばった衣服を身にまとっていると、腰がだるくて動きが緩慢になった。本当は歩だって出かけずに家で西条とごろごろしているほうがよっぽど楽しい。けれど西条にまとわりつく黒い影をどうにかしなくては、安心して眠れない。

「…お邪魔しました…」

もたもたと服を着ている間も西条は一度も振り向かなかった。胸を痛めて小声で呟き、歩は西条の家を出た。すぐに自分の部屋に戻り、着替えて出かける仕度をする。

アパートの階段を下りると、どんよりと空が曇ってきた。そういえば傘を持っていないと思い出し、歩はだるい身体で駅へと急いだ。

一度実家に戻って押入れの中から卒業アルバムを取り出すと、歩は西条の住所をメモした。手ぶらで行くのはよくないかもと思ったのだが、金がない。もらい物のお菓子を横流しするしかないようだ。

居間に行くと案の定菓子折りがたくさん積んであって、その中から適当な物を二、三個風呂敷に包んだ。久しぶりに家に戻ったので愛犬クロとオウムの大和《やまと》をチェックすると、両方元気そうで安心した。特にクロは歩が帰ってきて興奮しすぎて失禁してしまったほどだ。しばらくペットと戯れ、風呂敷を肩にかついで家を出た。

西条の実家は中学校の近くにあるようだ。

西条は母親をうざいと言っていたが、今住んでいるアパートと実家は同じ県内だし、それほど離れていない。本当にうざいならもっと遠くに離れるのではないだろうか。西条は口が悪いから相手に悪い印象を与えてしまうが、根は悪い人間ではない。

一時間かけて住所から西条の家を探し出し、歩は少し驚いた。西条の実家は門構えも立派な古めかしい木造建築の屋敷だった。竹垣に囲まれた広い庭から最後の一鳴きとばかりに蟬《せみ》がわめき散らしている。

チャイムを鳴らすと、インターホンに出たのは母親らしかった。

『ああ、天野《あまの》さん？　希一《きいち》から伺《うかが》ってますよ。どうぞ、お入りください』

さらに驚いたのは、あれほど怒っていた西条が母親に話しておいてくれたことだ。どんな理由をつけて中に入れてもらおうかと頭を悩ませていた歩は、拍子抜けして門を通り過ぎた。石畳の上を歩き、屋敷を見上げる。大きな屋敷だが、あちこち崩れかけていて西条の家と知らなければお化け屋敷と見間違えそうだ。それにこういっては何だが、天気が悪いせいだけでなく屋敷全体がうっすらと靄《もや》がかかっている気がする。陰気といえばいいのか、あまりいい感じはしない。初めて西条の部屋に入った時も感じたが、西条の実家も空気が澱《よど》んでいる。そう考えてみると西条にまとわりつく黒い影は西条家に恨みを抱く輩《やから》かもしれない。

「し、失礼します…」

屋敷の引き戸を開けて奥に声をかけると、廊下をゆっくりと中年の女性が歩いてきた。

「まぁどうも。希一のお友達なんて初めてですよ、えっと…？」

上品そうな中年の女性が戸惑った顔で膝《ひざ》をつく。西条と目元が似ている。痩《や》せた気の弱そうな顔をした女性だった。歩は大きくお辞儀して「初めまして、天野歩です」と緊張しながら自己紹介した。

「あのー西条君とは中学校が一緒で、偶然今住んでいるアパートも隣で…」

とりあえずいきなり本題に入るのは変かと思い、西条と自分の仲を説明しておく。西条の母は困惑した顔で歩の話を聞いていたが、歩が「頬にホクロのあるおばあさんが」と言い出したとたん、眉を顰《しか》めた。

「立ち話もなんですから、中へどうぞ」

追い出されるかなと思ったが、意外にも西条の母は歩を奥へ通してくれた。廊下はギシギシと音を立てるし、砂壁もところどころ剝《は》げ落ちている。屋敷は大きく立派だが、リフォームするほどの金はないらしい。

「あのー本当に変な話で恐縮なんですが」

客間に通され、夢で西条の祖母が漆塗りの黒い箱を差し出していると説明した。西条の母親は困惑した顔で歩の話を聞いている。喋りながらだんだん自分が怪しい宗教団体所属の者に思えてきて、歩は冷や汗を搔《か》いて持ってきた菓子折りを差し出した。

「あの、俺別にツボを売ろうとか、金を振り込めとかじゃないですからね。ただそのおばあさんがしきりに金の牡丹《ぼたん》の絵の入った箱を見せるものだから」

言えば言うほど怪しくなる。歩がたまりかねて黙り込むと、西条の母親が「ちょっと失礼」と席を立った。

（警察とか呼ばれたらどうしよう）

客間に一人取り残されて焦っていると、しばらくして西条の母が戻ってきた。

「それって、これかしら」

西条の母親は手に黒い硯《すずり》箱《ばこ》を持って現れた。テーブルに置かれた箱が、夢で見たものとそっくりで、歩は身を乗り出した。

「そう！　これです！」

黒の漆塗りに金の牡丹が咲いている。歩が興奮して叫ぶと、狐につままれたような顔で母親が箱を開けた。

「あら…、これって…」

西条の母親は中に何が入っているか知らなかったようで、箱の中身に目を丸くしていた。中に入っていたのは折り畳まれた和紙だった。西条の母親はテーブルの上にそれを広げ、ふっと顔を曇らせる。

「やぁねぇ…こんなところに入ってたの…」

かすかにため息を吐《つ》きながら呟かれ、歩はドキドキして和紙を覗き込んだ。和紙には達筆な字で家系図が書かれていた。西条の家の系図だろう。思っていたのとはまったく違うもので、歩は失望した。一体何故《なぜ》西条の祖母がこれを見せたかったのか分からない。

「由緒正しい家柄なんですね」

他に言いようがなくて歩は家系図を眺め、呟いた。歩の家などはひい祖父《じい》さんくらいまでしかよく分からないというのに、西条の家はかなり古い代までそれぞれの名前が書かれている。がっかりして西条の母親に見せてもらった礼を言いかけた歩は、家系図を見つめる母親の顔が暗く落ち込んでいるのに気づいて戸惑った。どうして家系図を見てそんなに落ち込むのか分からない。不審に思ってじっくり家系図を眺めると、異様な事実に気がついた。

「あ、あれ…。西条君の家って、男の人が早死になさってるんですねぇ…」

何気なく言ったつもりだが、口に出したとたん、すーっと血の気が引いた。

振り向くと西条の母親の顔も強張《こわば》っている。

「ご、ごめんなさい、俺…」

自分が激しく地雷を踏んだのは間違いなかった。慌てて謝ると、西条の母親は苦笑して首を振る。

「いいのよ、本当にそうなの。どうしてあなたの夢にこんなものが出たのかしら…？　いやぁね…、代々西条家では男が早死にしてるのよ。夫だけは三十歳まで生きたけど、ほとんど病院で寝たきりだったし…呪《のろ》われてるのかしら。女性はそうでもないのにねぇ…」

西条の母はため息まじりで告げる。

「聞いた話ではご先祖様がある一族を虐殺したせいとか言われているけど、本当かどうかも分からないし、第一今さらそんなことを言われてもねぇ…」

「そ、その辺の話、詳しく分からないんですか？」

「何度も引っ越したから分からないわ」

先祖の話は胸に引っかかった。西条の母親は今さらと言っているが、怨念というのは何百年経ってもすごい力を発するものだ。それに西条にまとわりつく黒い影からは執念的なものを感じた。子々孫々まで祟《たた》る、というのはあながち間違いではないかもしれない。

「嫌だわ、これって希一が危ないってことかしら？　それでなくても一人暮らししていて心配なのに…。あの子、病気とかしてない？」

家系図を眺めて急に心配になったのか、西条の母親が不安げな顔で歩に尋ねてくる。

「西条君は元気ですよ」

安心させるように、歩は笑って告げた。西条が母親をうざいと言った理由が分かった。毎日自分の身を案じる母親の顔を見るのが嫌だったのだろう。それは要するに愛情の裏返しだ。やはり西条は悪い人間ではないと確信し、どうにかして西条を助けたいと感じた。

とにかくこれ以上の収穫はないと悟り、歩は母親に礼を言って西条の家を出た。

外に出ると、小雨が降り出していた。

自分の気持ちを代弁するようで、余計に憂鬱《ゆううつ》になった。

西条の実家から自分のアパートまで歩く間、歩は悶々《もんもん》と西条について考えていた。

今まで何故西条が頑《かたく》なに霊の存在を否定するのか分からなかったが、西条の家に行ってやっと理解できた気がする。

代々男子が早死にすると言い伝えられてきた西条家。

その一人息子として生まれた西条は、小さい頃からどんな気持ちだったのだろう。自分が西条でもそんな得体の知れない話は信じたくない。まして父親が早くに亡くなれば、余計に心がすさんだはずだ。

中学生で西条に会った時、すでに西条の父親は亡くなっていた。否定したくてもいずれ自分も死ぬのかもしれないと思えば、他人を拒絶する理由も分かる。あの頃西条は誰とも親しくなろうとしなかった。親しくなったら、別離が待っていると思ったからだろうか？

(西条君って…西条君って…)

中学生の時の西条を思い返すにつけ、歩は胸に迫り上がってくるものがあって困った。あの頃西条の事情を知っていれば、遠巻きに見るだけではなくもっと別のアプローチを試みた。知っていても何もできなかったかもしれないけれど、孤独な彼の心を少しでも癒せたかもしれない。

胸がずきずき痛んでたまらなかった。今は一刻も早く無事な西条に会いたくて、小雨が降る中急ぎ足でアパートへ向かう。

人を好きになったことがないと言った西条。中学の時の西条を救えなくても、今の西条を助けることならできるかもしれない。

(西条君は絶対に早死になんかさせない)

硬く決意して歩は走り出した。

アパートに戻って西条の家のチャイムを鳴らした時には、すでに辺りは暗くなっていた。一度鳴らしても返答がないので、続けざまに何度も鳴らすと、乱暴にドアが開かれる。

「うるせぇ、一度鳴らせば分かる」

怒った顔の西条が出てきて安堵して歩は笑った。

「よかった、いたんだ」

変な話を聞いた後だったので、西条の身に何かあったらと不安だった。いつもどおりの西条に胸を撫で下ろす。

「……お前、傘持っていかなかったのか？」

笑顔の歩を見て西条がわずかに顔を顰めた。小雨だからと気にせず帰ってきたのだが、長い間雨に当たったせいか髪の先から雫《しずく》がぽたぽたと流れていた。

「傘持ってなくて。あっ、ごめん、ちょっと乾かしてからくる」

濡れ鼠《ねずみ》で他人の家を訪れたことに気づき、歩は慌てて自分の家へ戻ろうとした。その背中へ

「いいよ」と西条のぶっきらぼうな声が降ってくる。

「タオル持ってくるから、入れよ」

そっけない声ながらも西条がタオルを持ってきて、歩の頭に向かって放り投げる。タオルで濡れた頭を拭《ぬぐ》い、歩は家に上がらせてもらった。室内には女性シンガーの気だるいムードの曲が流れている。濡れた髪を拭きながら、全体的に湿っている自分に気づき、腰を下ろすのを躊《ちゅう》躇《ちょ》する。

「西条君、濡れた服乾かしてもいい？」

返事を待たずにTシャツとズボンを脱ぎ始めると、西条がため息を吐いた。

「お前、けっこう図々しいよな…。服はそっちで乾かせ、ほら代わりのシャツ」

クローゼットから白いシャツを取り出し、西条が投げてよこしてくる。Tシャツとズボンを壁に吊《つ》るし、歩は西条が貸してくれたシャツに袖を通した。サイズがひと回り違うせいで袖は何回か折るようだった。裾《すそ》もかなり隠れるし、体格差を感じる。そんなに差があったのかと感心していると、じろじろと歩の姿を眺め、西条が首を振る。

「女なら、萌えスタイルって奴だったのにな。やっぱ野郎じゃ楽しくねぇな」

残念そうに呟かれ、ガーンとショックを受けた。

「ひ、ひどいよー。じゃあズボンも貸してよ」

「お前、ホントあつかましいね。いいじゃん、その格好で。慣れれば悪くない」

笑って西条が歩の頭をタオルでごしごしと擦り始める。出て行く前は怒っていたから冷たい態度をとられるかと思っていたが、意外にも優しくて驚いた。

「西条君…あの、ありがとうね。お母さんに、その…言っておいてくれて」

顔を上げて礼を言うと、西条は一瞬目を逸《そ》らし、ついでタオルで乱暴に歩の顔を擦ってきた。

「い、痛い、痛い、顔はいいよ！」

西条の手荒な擦り方を避けるように歩はベッドのほうに走って逃げた。西条は歩に向かってタオルを放って投げ、キッチンに消えた。ちょうどヤカンが沸いた音がしたので、止めに行ったのだろう。歩はタオルを首にかけ、ベッドを背もたれにして床に座った。

キッチンから西条の声が届く。

「お前、コーヒーに砂糖とか入れるタイプ？」

「牛乳入れてほしいな」

「分かった」

しばらくして西条がマグカップにコーヒーを淹《い》れて持ってきてくれる。一つを受け取り、冷ましながら飲んだ。そんなに寒いつもりはなかったが、雨に打たれて思った以上に身体が冷えていたらしい。温かいコーヒーは身体に沁《し》みた。

横に並んで西条が座り、髪を掻《か》き上げる。

「……おふくろから電話があった。家系図が出てきたって。お前、見たんだろ」

淡々とした声で西条が告げ、マグカップを揺らす。

「うん…。あの、俺、西条君が孤高なわけ、やっと分かったよ。だからね、俺あの」

「ストップ。また変な霊体験がどうのとか言い出したら張っ倒すぞ」

歩の声を遮り、西条がじろりと睨んでくる。本気で言っていると分かり、歩は顔を引き攣らせて硬直した。

「俺はそういうの信じねぇよ。信じたら負けだと思ってる」

きっぱりと告げられ、もう何も言えなくなってしまった。

西条の気持ちも分からないでもない。同じ立場だったら歩だって不可思議な現象全般を否定してしまうかもしれない。でもこのままではよくないのは確実に分かる。

「で、でも除霊とかしないと…」

「うさんくせぇこと言うなって言ってるだろ。第一そんなもんは俺が小さい頃親がやらせてんだよ。変な神社だか寺だかに連れてかれてお経唱えられて」

面倒そうに西条に吐き捨てられ、びっくりして歩は目を見開いた。

「し、してみたの!?」

西条の霊嫌いを見れば、すでに除霊した経験があるというのは驚きの事実だった。おそらく心配した母親が寺に連れて行ったか、霊能力者のところにでも見せにいったのだろう。

「そ、そ、それでどうなったの？」

「除霊中に坊主が死んだ」

西条は恐ろしい一言をあっさりと放った。それは相当大変なことなのではないだろうか。歩は真っ青になって西条を見つめた。そこまでの経験をしておきながら霊の類《たぐい》の話をまったく信じない西条は、ある意味猛者《つわもの》だ。

「信じてねぇけど、別に自分が早死にしようがどうでもいいよ。特に未練ないし」

コーヒーに口をつけて西条が抑揚のない声で言う。どきりとして歩は持っていたマグカップを床に置いた。

「未練ないって、作らないようにしてきたからじゃないか。俺はやだよ、西条君が死ぬの。だからどうでもいいなんて言わないで」

西条の腕を掴んで、必死に食い下がる。西条は眉間《みけん》にしわをよせ、歩を眇《すが》めた目つきで眺めた。

「そういううぜぇこと言うなって。お前、俺に何か期待しても無駄だぞ」

どこか諦《あきら》めきっている西条に苛立《いらだ》ち、歩は膝立ちになって拳《こぶし》を握った。

「だって嫌なものは嫌だよ！　俺西条君が好きなんだ。絶対死なせないから！」

睨みつけて宣言すると、その気迫に気圧《けお》されたように西条が黙り込んだ。ふっとその目が床に落ち、大きな手ががりがりと頭を掻く。

「…あー、本当に何で俺、お前とやっちまったんだろ…調子狂うんだよ」

西条が呻《うめ》き声と共にそんな発言をする。

「しかも一瞬ちょっと可愛いとか思っちまった…、俺…目がおかしくなってるな。いや、おかしいのは頭か…」

乱れた髪を掻き上げ、西条が歩の腕を引っ張る。

「こっち、こい。俺の上に跨《また》がれ」

「え…」

西条の腕に引かれ、よく分からぬままに西条の腰を跨いだ。西条の手がうなじにかかり、顔を引き寄せられる。

「あ…」

やっとキスか、と分かって急いで目を閉じた。西条の唇が触れる。西条の腰の上に跨っているから、不思議な感じだ。

「ん…」

軽く触れるだけのキスを何度かされ、ドキドキして心臓の音が西条に聞こえそうだった。連日たくさんキスされて、少しは慣れると思いきや一向に興奮が治まらない。

「……多分、あれだな。お前に心を開いちまった理由…」

キスの合間に西条が呟いた。大きな手が頬を撫で、色っぽい顔が自分を見つめている。歩は頬を紅潮させて首を傾《かし》げた。

「な…何?」

「お前が死んでたと思ったからだな」

「そ、そんな理由!?」

もっと素敵な理由を言ってくれると思ったのに、とんでもない理由が返ってきた。自分がもっさりというのはもう自覚しているから、せめて性格がいいとか人間的に素晴らしいとか言われてみたかった。

「死んでたと思ってた奴が現れたから、珍しく浮かれちまったんだ…」

ざらりと舌で上唇を舐められ、歩はぶるっと背筋を震わせた。西条のキスが官能的なものに変わり、寒気に襲われる。

「あ…っ、さ、西条君…」

いつの間にかシャツの裾から大きな手が滑り込んできて、太ももを撫でていた。臀部《でんぶ》から背中へまわり、脇腹《わきばら》から内ももを揉《も》んでくる。西条の首に腕をかけ、歩はわずかに腰を引いた。

「やりたい。やってもいい?」

下腹部には触らず、手のひらはずっとマッサージをするみたいに太ももを撫でている。本当はまだ昨夜受け入れた部分が重い痛みを発していたが、今は歩もそんな気分だったので無言で頷いた。

「ん…っ」

歩が頷くと、西条の手のひらが上半身を撫でてくる。手のひらは胸の辺りを円を描くように動き、時々指先が乳首をかすめていった。

「キスして」

西条に囁《ささや》かれ、たどたどしくも唇を寄せてキスをした。真似《まね》るように西条の唇を舌で辿《たど》ると、きゅっと乳首を摘《つま》まれる。

「んん…っ、あ…っ」

両方の乳首を指先で摘まれ、変にびくびくと身体が揺れてしまった。西条は舌を伸ばして歩の舌と絡ませようとする。慣れない行為に戸惑いながら、歩は西条と深く唇を合わせた。

「ふ…っ、う…っ、や…っ、あ…っ」

舌を絡ませる深いキスの合間にも、西条が指先で乳首を執拗《しつよう》に弄《いじ》ってくる。唇をふさがれていないと変な声が飛び出てしまって、恥ずかしかった。西条の指で乳首を弄られると気持ちよくて困る。じんじんとした疼《うず》きがそこから広がって、腰に響くほどだ。

「…何だよ、お前。乳首弄られただけで、そんな声出すのかよ…」

ちゅっと音を立てて歩の上唇を吸い、西条が煽《あお》るようなことを言う。

「だって…、ん…っ、や、だ…っ」

強く乳首を摘まれて、ひくりと身体が震える。西条は指先で弾いたり、こねくり回したり、引っ張ったりして歩に絶えず刺激を与えてくる。自然と声が上擦ってしまって、吐息が乱れた。

「舐めてほしい?」

甘く耳朶《じだ》を嚙んで西条が囁く。そのいやらしい言い方にまた腰を震わせて、歩は赤くなった顔で頷いた。西条が笑ってシャツのボタンを外していく。

「あ…っ、はぁ…」

前を全開にして西条が顔を近づける。乳首に鼻先で触れ、歩が背中を反らすと、ぺろりと舌でゆっくりと舐め上げてきた。すぐに柔らかい口内に包まれ、じんと下腹部が熱くなってくる。

「あ…っ、あ…っ、や…っ」

西条は乳首を口に含み、舌で激しく弾いてくる。そうしている間にも空いた手が下着の中に潜り込み、尻のはざまを撫でてきた。

「ん…っ、あう…っ、ひゃ…っ」

指が一本内部に潜り込んできて、歩は焦って西条の首にしがみついた。いきなり指を挿入されてびっくりしたが、まだそれほど痛みはない。

「昨日したせいかな…。最初の時ほどきつくねぇな…これならできそう」

中を探るように動かし、西条が呟く。まだ異物感には馴染《なじ》めないが、西条にされていると思えばつらくない。

「あ…、そうだ、シャワー浴びないと…」

快楽に流されてうっかりしていたが、シャワーを浴びていなかった。匂いにうるさい西条のことだから綺麗《きれい》にしなければと思って歩が西条から身体を離すと、反対に西条が密着してくる。

「いいよ、このままで。お前の体臭は……濃いほうが興奮する…みたい」

　腰を引き寄せられてそんな言葉を聞かせられたら、耳まで赤くなってしまった。恥ずかしいのか嬉《うれ》しいのか自分でも分からない。

「脱がすぞ」

　西条に下着を摺《ず》り下ろされ、歩は腰を浮かして足から下着を引き抜くのを手伝った。西条の手がすでに勃起《ぼっき》している歩の性器を手で包み、数度扱《しご》き上げる。

「はぁ…っ、はぁ…っ」

　指を上下に動かされ、気持ちよくて目が潤んできた。じっと西条が自分の表情を見ているのも余計に羞恥心《しゅうちしん》を煽る。

「俺…お前のなら、舐められるかも。ベッド、乗れ」

　興奮した声で西条に言われ、ぎょっとして歩は閉じかけた瞼《まぶた》を開いた。今、舐めると言われた気がする。舐めるってどこを、と聞くほど歩も馬鹿ではない。

「な、な…っ!?」

　焦っているうちに脇に手を入れられて、ベッドに放り投げられた。呆然としているうちに西条がシャツを脱ぎ捨てて、ベッドに乗ってくる。剝《む》き出しの足を割り広げられて、歩はおたおたして手で性器を覆い隠した。

「し、しなくていいよう…、そんなこと…っ」

西条に邪魔だといわんばかりに手を振りほどかれる。

「こういうのは勢いが大切なんだ」

訳の分からない台詞《せりふ》を吐いて、西条が歩の性器に手を添えて根元から舌を這《は》わせてきた。

「ひゃ、ああ…ッ」

ぞくぞくっと鋭い痺れが腰に伝わって大きな声が出てしまった。西条は丹念に裏筋に舌を這わせ、口内に歩の反り返ったモノを深く銜《くわ》え込む。生温かい口内に包まれ、歩は頭が真っ白になってしまった。

「やぁ…っ、や…っ、ひ…っ、ふ…っ、ふぅわぁ…っ」

銜えたまま舌を動かされ、信じられないほど一気に快楽の波が押し寄せてきた。先端を舌で突かれ、擦られるともう我慢ができないほど甲高い声がこぼれる。

「ひゃああ…っ、あ…っ、さい…っ、お、俺、も…っ」

びくびくと背中を仰《の》け反らせ、気づいたら西条の口の中に射精してしまった。とっさに西条が顔を離したが、それでも口の中に出してしまったらしい。むせながら西条が手のひらに精液を吐き出し、怖い顔で歩を睨みつけてきた。

「イく時はイくって言えっつったろ!!　このアホ！　何度言えば分かるんだ！　五歳児のおもらしと同じレベルだぞ！」

「ご…ごめんなさいぃ…っ、だって気持ちよすぎて…っ」

西条に怒鳴られ、シーツの上で真っ赤な顔で縮こまる。西条はよほど口の中が気持ち悪いらしく、顰《しか》め面《つら》でベッドから降り立った。

「飲むとか、さすがに無理だ。ちょっとうがいしてくる」

洗面所に消える西条に申し訳なく思い、歩はだるい身体を起こした。まだ射精直後の余韻で頭がぼうっとしている。まさか西条に口でしてもらえるなんて思わなかった。

(お、俺もしたいって言ってもいいかな…)

しばらくして戻ってきた西条は、まだ気持ち悪そうな顔をしている。ベッドに腰を下ろした西条に、歩は意を決して口を開いた。

「あ、あの西条君…俺も…その、してみたいんだけど…」

歩の申し出に西条が目を丸くし、ふっと表情を和らげた。

「いいけど、お前嚙《か》むなよ」

ベルトを外しながら西条がからかう。赤くなった顔で頷いて、歩も着ていたシャツを脱ぎ全裸になる。

ズボンを脱ぎ捨てる西条をドキドキして待った。下着を脱ぐと西条のモノはまだ半勃ちで、おそるおそる手を添えてみる。

「ど…どうすればいいの?」

自分の経験も先ほどのものしかなく、アダルトビデオを見たこともない。とりあえず西条の足の間に入って顔を近づけてみたものの、どうしていいか分からず西条を見上げた。

「ためしに適当にやってみ」

頭を撫でられ、見よう見まねで西条のモノに唇を押しつけてみた。裏筋が気持ちいいことは自分でも分かっていたので、舌で根元から先端まで辿ってみる。何度かそうした後思い切って口の中に入れてみた。熱を持った存在に感動して口に含んだまま上下に動かすと、口の中のモノが大きく張り詰めていった。

(あ…大きくなってる…嬉しいかも…)

つたない歩の愛撫《あいぶ》にも感じてくれているのかと思うと、愛情が込み上げてきて熱心に舌を這わせてみた。それにしても西条のモノは大きくて、これが自分の尻に入ったのが信じられないほどだ。

(う…ちょっとやばい…)

舐めながら昨夜挿入された時の痺れるような熱さを思い出し、また下腹部がずきずきと疼き始めた。見られたら絶対からかわれるので、そっと隠すように腰を落とす。

「…銜えたまま、こっち見て」

優しく頭を撫でられて西条に囁かれた。言われたとおりに西条のモノを口に頬張った状態で顔を上げると、西条が苦笑した。

「ぶさいくな顔」

ぐさっとくる一言を投げつけて西条が笑う。つい潤んだ目で睨みつけると、西条の手が耳朶をくすぐっていった。

「舐めながら何想像してんだよ、お前。またガチガチになってるぞ」

しかも勃起してるのがばれている。歩は耳まで赤くして、口を動かし続けた。西条のモノは大きくなっても、歩のように簡単に達してくれない。多分自分が下手だからだろうと思うが、ずっと舐め続けていると顎が疲れて息も乱れた。

「ぷは…っ、はぁ…っ、ねぇ、俺下手…?」

根元に手を添えたまま口を離し、歩は息を乱して西条に問いかけた。西条は特に乱れた様子もなく、壁に寄りかかって歩を眺めている。

「ああ、ド下手」

「そ、そんなさらっと…っ。じゃ、じゃあどうすればいいか教えてよ」

「言おうかと思ったんだけど、フェラの上手いお前ってどーなのって思ってさ。上手けりゃいいってもんでもねぇよな…。下手だけど一生懸命やってる姿は、可愛いよ。あ、そこのローションとって」

肩を叩かれ、ベッド際のボトルを指差された。身体を伸ばしてそれを取ると、西条が手のひらに液を垂らす。

「もうちょっとがんばってみて。その間にお前の尻、慣らすから。ほら、ケツ向けろ」

体勢を変えられて、横向きになって西条に尻を向ける形で口淫《こういん》を続けた。ぬるっとした液体が尻のはざまに塗りたくられ、再び指が中に入ってくる。西条のモノに舌を這わせつつも、中を弄られて、集中できなくなってしまった。西条は歩の感じる場所がもう分かるみたいで、最初からそこを指で押し上げてくる。

「う…ぅ、あ…っ、はぁ…っ」

直接ボトルからローションを垂らして、西条が指を増やしてくる。指の腹で襞をぐるりと撫でられ、入り口を広げられる。指を出し入れするたびにぬちゅぬちゅといういやらしい音が聞こえてきて、歩は息を乱して西条の性器に頬を擦りつけた。

「さ…西条君…、ねぇそこあんまり…、…こ、擦らないで…っ」

腰を揺らして歩が訴えると、西条が熱っぽい息を吐いた。

「前立腺？　ケツって感じるんだな、お前すげえ先走りの汁出てる」

空いた手で前を探られ、思わず息を詰めた。西条の言うとおり、前から先走りの汁がたらたらとこぼれてシーツを汚している。

「ここ柔らかくなってきた…もう三本入る」

ゆっくりと三本の指を中に入れ、西条が告げる。奥を広げられてはぁはぁと息が乱れた。西条は根元まで指を突っ込むと、中でそれぞれを違う方向に動かし、歩を悶《もだ》えさせた。もう西条の性器を愛撫する余裕がなくなって、猛《たけ》った性器に唇を押しつけているだけの状態になっている。

「はぁ…っ、あ…っ、あう…っ、う…っ」

中に入れた指で感じる場所を擦られると、喘《あえ》ぎ声があふれて止められなかった。腰もびくびく泳いでしまうし、全身発汗している。最初は痛みもあったはずなのに、その痛みすら甘い痺れとなって歩を翻弄《ほんろう》した。

「お前、指だけでイきそうだな…。俺が入れるまで我慢しろよ」

西条が指を引き抜き、「もういいよ」と歩の身体を起こした。ずっと西条のモノを舐めていたので口の周りが唾液《だえき》で濡れていた。手で拭おうとすると、それを西条が制して舌を這わせてくる。

「ん…っ、はぁ…」

西条の舌が唇の周りや顎に伝った唾液を舐める。互いの体液が混じり合うようで、ぞくりとした。西条は歩の脇に手を入れ、再び自分に跨らせる。

「ゆっくり腰、下ろせ」

座ったまま向かい合う形になり、言われたとおり腰を下ろしていく。すると先ほどまでさんざん弄られた蕾《つぼみ》に、ひたりと熱い塊が当たった。

「う…う…」

触れているだけの状態で躊躇していると、西条が猛ったモノを握り、先端を蕾にぬるぬると

擦りつけてくる。

「や…っ、ひゃ…っ」

西条のモノも濡れていて、擦られるたびに敏感なそこがひくつくのが分かった。促され、性器の大きさに怯《おび》えながらも、少しずつ腰を落としていく。

「や、あ…っ、あ…ン…ッ、んう…っ」

ずぶずぶと大きなモノが内部に潜り込んでくる。繋がった部分がかぁっと熱くなり、甘い痺れが全身に伝わってきた。奥が西条の形に広げられ、自然と息が上がってしまう。

「あ…っ、あ…っ、やぁ…ぁ…っ」

苦しくて熱くてじんじんと疼いて、目に涙がたまっていく。瞬きをした時に目尻から涙がこぼれ、はぁっと息を大きく吐き出すと、西条の手が濡れた頬を撫でてきた。

「ん…っ、ふ、あ…っ」

西条の手がなだめるように頬を撫でていく。それに力を得てぐっと腰を落とすと、一気に根元まで西条のモノが入ってきた。

「あ…っ、はぁ…っ、はぁ…っ、す、すごい奥まで入ってる…ちょっと怖い…」

肩で息をしながらかすれた声で告げると、西条が繋がった状態で抱きしめてきた。まるでよくできたご褒美《ほうび》みたいに、西条が顔中にキスを降らしてくる。それが気持ちよくてとろんとした顔で西条の胸にもたれかかった。

「…お前とやるの、何でこんな気持ちいいんだろうな…」

熱っぽい息を歩の耳朶に吹きかけ、西条が呟く。そんな言葉一つでじわりと嬉しくなり、身体が震えた。

「もうこのままずっと入れていたいくらい。お前の中、気持ちよすぎ…」

ゆっくりと背中を撫でられ、歩も西条の背中に腕を回した。互いの身体が熱を持っていて、気持ちいい。

「あ…っ」

軽く西条が腰を揺すってくる。内部で硬いモノが蠢《うごめ》き、ぶるりと腰が震えた。西条は激しくは動かず、ゆっくりと歩を揺さぶってきた。大きな刺激ではないのに揺さぶられるたびに繋がった部分が蕩《とろ》けそうになっていく。

「あ…っ、あ…っ、あ…っ、や、気持ちい…っ」

繋がった場所から溶けていく気がして、歩は鼻にかかった声を上げた。まだ二度目だというのに、西条と深い場所で繋がっているとそこからぐずぐずに蕩けてしまいそうになる。好きな人だからかもしれない。好きな相手が自分の身体で感じてくれている。そう思うことで余計に悦《よろこ》びを覚えるのだろう。

「俺も気持ちいい…」

優しく腰を揺すりながら西条が囁いて耳朶を甘く噛む。大きな手のひらが身体を撫で回す。

る。

どこを触られても気持ちよくて、目が潤んできた。鼻先を西条の首筋に擦りつけて、喘ぎ続

「はぁ…っ、はぁ…っ、あ、あ…っ、も…っ、俺…っ」

漣《さざなみ》のように甘い痺れが押し寄せてきて、気づいたらびくびくと身体を震わせ、射精してい

た。自分の身体や西条の腹にも精液を噴きかけ、全身を震わせて西条の胸にもたれる。

「中でイったのか…？　可愛いな、もっと揺さぶってやるよ」

荒く息を放つ歩の性器を擦り、西条が優しい動きから一転して大きく腰を回してくる。まだ

熱を持った身体は、西条の動きに悶えた。

「あ…っ、あ…っ、熱いよぅ…」

腰を支えられ、西条が下から突き上げてくる。感じるところを張り出した部分で擦られ、身

体は貪欲《どんよく》にまた次の快楽を追い求めてしまう。

「ああ…、中、すげぇ熱い…。俺のに吸いついてきて…超気持ちいい」

乱れた吐息を散らして、西条が歩の尻たぶを両手で摑んでこね回してくる。

「ひ…っ、やぁ…っ、それや…っ、やだぁ…っ」

大きな手で尻を揉まれながら奥を突かれ、背筋に電流が走る。西条は尻たぶをぐっと開き、

ひどく奥まで犯そうとする。

「やぁ…っ、や…っ、こわ、い…っ、あひ…っ、ひゃ、あ…っ」

ねじ込むように中を突き上げられ、歩は自分が壊れてしまうのではないかと怯えて西条にしがみついた。火傷《やけど》しそうなほど中が熱い。ぐちゃぐちゃと音を立てて西条が動きを速めていく。怖くてたまらないのに、鳥肌が立つほど感じていた。

「ひ…っ、ひあ…っ、うあ…っ、あー…っ」

とんでもなく高い場所まで連れてゆかれている気がして、歩は恥も外聞もなくあられもない声を上げまくった。

「あーすげぇ…、中、ぐちゃぐちゃだ…、…っ」

興奮したように腰を突き上げている西条の息も激しく乱れている。西条も気持ちよすぎて動きを止められなくなったみたいで、がんがん腰を突き上げてくる。肉を打つ音が室内に響き渡り、足の震えが止まらなかった。

「やー…っ、や…っ、やぁ…っ、うあ…っ、あ…っ」

深く突いてきたかと思えば小刻みにピストンされ、休む間もなく責められる。西条も絶頂が近いのが分かった。中ですごく大きくなっている。

「歩…中に出していい…?」

ベッドをきしませながら西条が上擦った声を上げる。甲高い声を上げながら壊れた人形のように首を振ると、西条がぎゅうっと歩を抱きしめてきて、強引に性器を扱き上げる。

「ひ…っ、ひゃ、あ、あああ…っ」

前を擦られ、呆気なくまた歩は前から精液を吐き出した。もう三度目の射精で量もだいぶ少なくなっている。

「う…っ」

射精と同時に入っているモノをきつく締め上げたせいで、西条のモノが大きく膨れ上がり、どろりと中に精液を吐き出してきた。

「あー…っ、あー…っ」

中に出された熱いものに、腰がひくひくと震えた。西条は軽く腰を揺さぶってまだ中に射精している。イった直後の内部はまるでそこだけ別の生き物のように西条の性器に吸いつき、収縮した。西条が気持ちよさそうな吐息をこぼす。

歩はぐったりと西条にもたれかかり、身体を震わせた。

九月も半ばになると、めっきり涼しくなり過ごしやすくなった。コンビニのバイトを終え、歩はアパートに一度戻ってから買い物に出かけようとした。ほとんど毎日のように西条がご飯を食べに来るので、すっかり実家からの補給がなくなってしまった。それを西条に告げると好きなだけ買え、と食費代として五万渡されてしまった。

「今夜は牡蠣《かき》が食べたい」

お金と一緒にそんなリクエストまでもらっては腕を振るうしかない。

(家に戻ってご飯を炊いてから駅前のスーパーに行って…)

要領が悪いので帰りがてら手順を呟きつつアパートに向かうと、西条の部屋の前に誰かいるのが分かった。長い黒髪の女性だ。西条の知り合いだろうかと気にしながら歩みを弛めると、女性はすーっと階段を下りてきて歩とすれ違った。顔は俯《うつむ》いていたのでよく分からないが、すれ違ったとたんぞくっと背筋に震えが走った。

(あ、あれ。今の人、生きてたよね)

不安になって振り返ると、女性はもう視界から消えていた。時々生きている人間と霊の区別がつかなくなることがある。今すれ違った女性に関して言えば、確立は半々だ。

鳥肌の立った腕を擦り、階段を上って自分の部屋に向かった。ふと気になって西条の部屋へ視線を向ける。

「わあ…っ‼」

ぎょっとして思わず大声を上げてしまった。西条の部屋の前に黒猫の死骸《しがい》があったからだ。青ざめて駆け寄ると、背中から血を流した黒猫がコンクリートの上に横たえられている。頭が真っ白になって手を伸ばし、ぎょろりと猫の目が動いたことにさらに腰を抜かしそうになった。

開いたと思った瞼は ゆっくりと閉じ、猫の口がわずかに開いた。浅く息を吐いている。猫はまだ死んでない。

（い、いき、生きてる…!?）

慌てて猫を抱きかかえ、駅近くの動物病院へ駆け込んだ。状態を見せたとたん獣医には「手は尽くすけど…」と首を横に振られた。とりあえず獣医に猫を託し、歩は意気消沈してスーパーに向かった。

疑いたくはないが、あの時すれ違った女性が猫を置いていったのは確かだ。どうしてそんな真似をしたのか分からないが、嫌がらせにしては度を越している。もしかして猫を虐待したのもあの女性なのだろうか。嫌な連想が次々浮かんで、歩は暗い気持ちになった。

買い物を終えてとぼとぼ歩いていると、空が真っ赤に染まってきた。

橋のところで立ち止まり、夕焼けに彩られた空を見上げる。今日の夕焼けはことさら綺麗で、赤というよりは金色に空が染まっている。

ぼうっと眺めていると、いきなり後頭部を叩かれた。

「何、ぼーっとしてんだ」

振り向くと西条がスーツ姿で立っていた。ちょうど帰りがけだったのだろう、歩を見て笑っている。

「西条君…っ」

西条の笑顔を見ていたら急に泣きたくなって、顔をくしゃくしゃにして「猫が、猫が」と叫

んでしまう。

「何だよ、猫って」

泣きそうな顔の歩にうろたえ、西条が隣に並んで欄干《らんかん》に手を置く。瀕死《ひんし》の猫について言おうと思ったが、考えてみれば自分の家の前にそんなものを置いていかれたなどという話はショックなはずだ。すんでのところで言い留まり、歩は俯いてどう話そうかと頭を巡らせた。

引きこもり状態になってから、父が寂しかろうと言って犬や猫をよく拾ってきた。それもあって歩は動物好きだ。だからこそ動物を虐待されると余計に憤り悲しくなる。

「……えっと…瀕死の猫を拾って…」

言葉を濁しながら歩はついさっき動物病院に猫を預けてきた話をした。西条は欄干に寄りかかり、ふぅんと呟いた。

「何か分かんねぇけど、無事だといいな」

歩の頭をぽんぽんと軽く叩いて西条が空を見上げる。

「今日の空、すげぇな…」

金色に輝いた空を見つめ、西条が呟く。歩も気を取り直して、西条の横に並んで空を見つめた。

「綺麗だねー。ケータイとか持ってたら写真撮るんだけど」

「お前、持ってないの?」

呆れ顔で西条がポケットから携帯電話を取り出す。

「代わりに撮ってやるよ」

西条が欄干に手をかけ、携帯電話を空に向ける。今日の西条は何故か優しい。嬉しくなって写真を撮る西条を見ていると――ふいに全身に鳥肌が立った。

何かに引き寄せられるように欄干に置かれた西条の手を見る。西条は左手に体重をかけて写真を撮ろうとしていた。その手首に、すぅっと白いものが絡みつく。それはじっと見ているうちに形がはっきりとしてきて、誰かの手だというのが分かった。

――白い手首が、西条の腕を下へ引っ張る。

「わあああああっ!!」

西条ががくんとバランスを失って橋から落ちそうになるのと、歩が西条の腰にしがみつくのはほぼ同時だった。歩がしがみついたおかげで、西条が欄干に肘《ひじ》をつき、かろうじて落下は免れる。

「あ…焦った」

さすがに西条も落ちそうになって声が上擦っている。それ以上に歩は心臓をドキドキさせて西条にしがみついていた。

「悪い、助かった。今、何か引っ張られたような…」

西条が欄干から身体を離し、息を整えた。歩はまだ鼓動が昂《たか》ぶったまま、ぎくしゃくして腕を離した。

「う、うん…。今、西条君の腕を誰か引っ張ったよ…」

顔を強張らせて呟くと、西条が考え込むように黙り込む。そして乱れた髪を掻き上げ、きっぱりと言いきった。

「気のせいだ。ちょっと手が滑っただけだ」

やっと認めてくれると思ったのも束の間、あくまで西条は霊現象を否定したいらしい。そこまでいくと天晴れだと思い、歩は苦笑した。

「それより綺麗に撮れたぞ、ほら」

西条が何もなかったかのように携帯電話で撮った画像を見せてくれる。最近の携帯電話は高画質だ。本当に綺麗に撮れている。

「帰ろうぜ、今日は牡蠣食わせてくれるんだろ」

歩の背中を押して、西条が歩き出す。不安な気持ちを抱えながら、歩は西条と肩を並べて帰路に着いた。


その日は牡蠣の時雨煮《しぐれに》というのを作ってみた。簡単な上に牡蠣の美味さを引き出して、酒にも合うと西条に好評だった。

　腹が満ちて気分がよくなった頃を見計らって、夕方頃女性が西条の部屋の前にいた、ということだけ告げてみた。あきらかに西条の部屋の前で佇《たたず》んでいた彼女は、西条の知り合いかもしれない。

「ああ…、あいつたまに来るんだよな。塾の前でもよく待ち伏せしてるし、生徒の間で貞子《さだこ》って呼ばれてる」

　機嫌が悪くなるかもと思ったのは見当違いで、西条は何でもないことのようにさらりと話す。

「西条君の友達なの？」

　こわごわ聞いてみると、西条が新しい缶ビールを開けてそっけなく告げた。

「あれはストーカー」

「す…っ!?」

　それはかなり大変な話なのではないだろうか。

「前言ったろ。付き合ってくれなきゃ死ぬって言うから、少しだけ付き合った奴。四六時中監視するからうざくなって別れたんだよ。キリエって言うんだけど別れた後もよくこの辺いるよ、暇人だよな」

　あっけらかんと告げる西条にも困惑した。世間ではストーカーに関わった人は神経を消耗させ大変だというのに、西条は特に迷惑している様子も激怒しているそぶりもない。

「よ、よく平然と言えるね。警察とかに事情を説明しなくていいの？　危なくない？」

「あいつ俺自身にはあまり攻撃してこないし、俺の前には滅多に姿を見せないんだよ。実際こられても女だし、非力そうだし、負ける気しねぇ。つーかぜんぜん興味ねぇから忘れてた」

西条の神経の太さに脱帽して歩は引きつった笑いを浮かべた。父の元にはこの手の相談もよく舞い込んでいたから、なおさら西条の異端ぶりに感心した。それにしてもそのストーカーしている女性も、これだけ完全に存在を忘れられては憐《あわ》れというしかない。

「まぁ、あいつがいると女が寄ってこなくて楽だっつーのもあるかな。いちいち断るのとか面倒だし、生徒とかになると邪険にしたらすぐ給料に響くし」

「そ、そんなもんなの？」

「思春期の女って面倒だぜ。ちょっと暴言吐くと友達同士で連携して、ある日ごそっと違う塾に移ってたりするんだよ」

何かを思い出したのか西条はため息を吐いてビールを呷《あお》った。美形の男はモテて羨《うらや》ましいと思ったこともあるが、確かに気のない相手を振るのは精神的に大変かもしれない。美形には美形なりの悩みがあるのだなと思い、まったくモテない自分に少しだけホッとした。

「あ、分かった。お前、あれだろ」

突然ハッとした顔で西条が身を乗り出し、顔を歪《ゆが》めた。

「もしかして、瀕死の猫ってキリエが置いてったんだろ」

ぎくりとして顔を強張らすと、西条が合点がいったように苦笑する。

「珍しいな、死んでなかったなんて。あいつ動物の死骸、やたらとドアの前に置いてくんだよな。前に偶然見つけた大家に怒られて、しばらく止まってたんだけど、復活したんだな。心が病んでるんだよ、今度見かけたら叱《しか》っておく」

「は、初めてじゃないの!?」

まったく驚かない西条にさらに呆然とした。彼女は今までにも同じ行為を繰り返していたのか。

「よくカラスの死骸とかネズミの死骸とか置いてあった」

「西条君、そんなさらっと言わないで、もっと真剣に考えようよ。犬とか猫とか大きな動物を殺す人って、人間にも危害を加える可能性が高いって聞いたよ。非力な女性だっていっても、背後から刺されたらどうするの？」

平然としている西条にやきもきして、真面目な顔で訴えてみる。それでも西条はどうでもいい、みたいに唇を吊《つ》り上げた。

「大した命じゃないし、そうなりゃそれで別にいいよ」

気負うそぶりもなく西条は簡単に告げ、新聞を広げてテレビ欄を眺めている。根本的に西条は生に対する感情が希薄だ。生きることに執着してないから、ストーカーされてもどうでもいいとしか思えないのだろう。

(生きたいってどうやったら思ってくれるんだろう)

歩は今まで死にたいと思ったことがない。だから西条のようにいつ死んでもいいという気持ちがまったく分からない。どうすれば西条が生に執着してくれるのか想像がつかなかった。

(生きるって何だろう)

急に何もかも分からなくなって、頭がこんがらがってきた。西条を生かしたい。それには彼にまとわりつく影をなくさなければならない。それだけではなく、彼自身に生きる意欲というのがなければ意味がない気がした。

それにしても黒猫といい、西条を橋から引き摺り下ろそうとした白い影といい、嫌な感じだった。確実に西条の周囲に何か不穏な気配が漂っている。西条にまとわりつく黒い影の一つに若い女性がいた。それはそのキリエという女性なのだろうか。

「西条君、今日泊まっていってもいい?」

心配なので傍《そば》にいさせてもらおうと思いお伺《うかが》いを立てると、リモコンでチャンネルを変えながら西条がちらりと視線を向けてくる。

「いいけど、泊まるならヤるよ」

薄く西条が笑んで、せっかくつけたテレビを消してしまう。

「しょ…しょっちゅうやってたらパーにならない?」

近づいてきた西条に赤くなって尋ねると、「もうパーだからいいだろ」と平気でひどいことを言われた。相変わらず口は悪いが、触れてくる手は日ごとに優しくなる。

それでもまだ自分は西条の生きる意欲にはなれないんだなと思うと、ちょっぴり悲しくなった。


暗い森の中をさまよっている夢を見た。行くべき方向が分からず、ただ当てもなく彷徨《さまよ》い歩く。不安になってびくびくと後ろを振り返りながら歩いていると、後方からおぞましい気配が迫ってきた。何かよくないものが来る。歩は必死になって走り始めた。

「……っ‼」

びくっと大きく身体を震わせ、歩は目を覚ました。

見慣れぬ部屋の内装に、西条の部屋に泊まっていたことを思い出す。汗びっしょりで身を起こそうとした時、呻き声が聞こえた。隣で眠っている西条が苦しげに呻いている。

「ひ…っ」

西条に目を向けたとたん、歩は悲鳴を上げた。西条の身体の上に白い人の形をした靄が跨っていた。それはぎりぎりと西条の首を絞めている。とっさに突き飛ばすみたいに両腕を出すと、手のひらに柔らかな感触が感じられた。それは一瞬のことで、すぐに手は宙に泳ぎ、バランスを失った身体は西条の上に勢いをつけて乗ってしまう。

「う…」

西条が苦しげに呻いて目を開けた。もう西条の首を絞めていた靄は消えてなくなっている。歩はベッドから飛び出して電気を点けに行き、ガタガタ震えながら西条を揺すり起こした。

「西条君、大丈夫？」

歩が青ざめて覗き込むと、西条がだるそうな顔で目を向けてきた。そして激しく咳《せ》き込む。

「あー…、首絞められてた夢見た…」

西条が苦しげに咽《のど》をさすって呟く。どきりとして歩は身を硬くした。それは夢ではない。夢ではない証拠に——西条の首に赤く指の痕《あと》が残っている。

父の仕事を手伝ってきた中でさまざまな心霊現象を見てきたが、西条のそれは相当性質《たち》の悪いものだ。

（違う、これ…。霊、だけど霊じゃない…）

先ほど西条に跨っていた白い影を思い出し、歩は確信を持って顔を強張らせた。長い黒髪の女性が西条の首を絞めていた。おそらく昼間橋から引きずり落とそうとしたのも同じ女性だ。

まだ生きている女の怨念が、西条にまとわりついている。

「西条君、変なことに聞こえるかもしれないけど、真面目に聞いて。西条君、ホントにやばいよ。女の人が西条君の首、絞めてたよ」

かすれた声で訴えると、西条が横たわったまま眉間にしわを寄せて歩を眺める。

「あのキリエって人の生霊だよ、生きてる人間が一番怖いんだ。ものすごく西条君に執着してる。ねぇ、何とかしないと本当にやばいよ。ちゃんとお祓《はら》いしてもらわないと――」

歩が喋っている途中で西条の手が伸び、頭を軽く叩かれる。

「お前も変な夢見てたんだな。もう寝ろよ」

腕を引っ張られ、再びベッドに引きずり込まれ、歩は「西条君！」と焦れて大声を上げた。ここまで頑《かたく》なだとどうしていいか分からない。

「夜中だから静かにしろ。大体部屋が真っ暗だったのに、何で見えたんだよ。変だろ。お前はねぼけた、俺はやな夢見た。それだけだ」

それで話は終わりとばかりに西条が歩の身体を抱き寄せて目を閉じる。

何とかしないと本当に西条はとり殺されてしまうのに。歩は西条の腕に抱かれ、焦燥感に苛《さいな》まれた。助けを求めない相手にどうすればいいか分からない。

(西条君…)

西条の胸に顔をくっつけ、歩はハッと目を見開いた。

――西条の鼓動が速まっている。

どくどくと脈打つ西条の鼓動は、平常よりもかなり速い。どれだけ口で気のせいだと否定しても、実際に首を絞められた感触や腕を引っ張られた感触があれば、平静でいられるはずない。

恐怖を感じるのは当たり前だ。歩はぎゅっと西条に抱きついて悪いものが近づかないようにと念じた。あやうく西条の言葉を真に受けるところだった。一番怖いのは西条だ。それが証拠に電気を消せと言わない。これ以上、一刻の猶予もない気がして、歩は決意した。

(父さんに助けを求めよう)

硬く胸に秘め、歩は目を閉じた。

翌日はバイトを休んで朝から実家の門を叩いた。

歩の家は駅からだいぶ離れた場所にあり、家の周囲を漆喰《しっくい》の塀で囲まれていて一見寺と間違われやすい。平屋の日本家屋には、竹に囲まれた広い庭がある。裏口の木戸から庭に入り父を捜すと、ちょうど庭の中央で護摩木《ごまぎ》を組んでいる最中だった。護摩木を燃やすのは悪い霊を追い払うための儀式で、今日はまともな相談者なのだと分かる。

「朝っぱらから何だ」

作務衣《さむえ》を着た昭光が息を切らして駆け込んだ歩を見て渋い顔をする。

「父さん、西条君を助けてよ!」

一刻も早く西条を助けたいと思うあまり、護摩木を組んだ手前で派手に転倒した。せっかく組んだ護摩木を全部砂利《じゃり》の上にばらまいてしまう。

「お前ごと燃やしたろか…？」

胸倉を摑まれて昭光に凄《すご》まれた。慌ててごめんなさいと謝り、歩は昨日起きた出来事を昭光にまくしたてた。昭光は辟易《へきえき》した様子ながら、歩の懸命さに押される形で最後まで聞いてくれたが、聞き終えても特に何もコメントしない。

「だから父さん、西条君に憑《つ》いてる悪いものを祓ってよ！　このままじゃ西条君、呪《のろ》い殺されちゃうよ！」

昭光にすがって歩が最後にそう叫ぶと、大きなため息が聞こえてきた。

「というよりお前、いつからホモになったんだ？」

顰め面で昭光に問われ、歩は顔を赤くしてうなじを搔いた。昭光に隠し事はできない。

「俺、西条君が好きなんだ。親不孝でごめん」

顔を紅潮させながら昭光に頭を下げる。自然の摂理からは遠く離れているが、自分がどれだけ西条を好きかを分かってもらおうと、昭光の目を見つめた。昭光は驚いた顔で瞬きし、歩の肩に手を置く。

「お前、面食いだったんだな…」

「そこを突っ込まないで！」

「――でもそいつはやめとけ」

ふいに硬く尖《とが》った声で告げられ、歩はびくりとして身を竦《すく》めた。

昭光が歩の背後のほうへ視線を向けている。どこか宙でも見ているのか、目の色が変化した。昭光には特殊な力があって、その場にいない者でも霊視する能力がある。歩を通して西条の姿を見ているらしく、昭光はそっけなく首を振った。

「死相が出てる。じき、死ぬよ」

ぽつりと昭光に言われ、ぎょっとして心臓が止まりそうになった。昭光の顔からは笑顔が消えている。

西条が死ぬ。

薄々勘付いていたことでも昭光の口から聞かされると、余計に真実味を帯びて、歩はガタガタと足を震わせた。早死にする家系だと言われている西条家の話を聞いたばかりで、頭が混乱する。本当に西条は死んでしまうのか。

「そ、そんなの嫌だ！　父さん、何か手はないの⁉」

歩が抱きついて泣き出すと、昭光が困った顔で黙り込む。

「俺、何でもするから西条君を助けて…。大切な人なんだ、死ぬのなんか絶対に嫌だ」

歩はぼろぼろ涙を落として昭光の胸にすがりついた。しばらくそうしていると、思い悩んだ様子で昭光が歩の頭を摑んだ。

「どうしても助けたいなら、禁術を教えてもいいぞ」

低い声で昭光が呟き、じっと歩を見つめる。歩は目を見開き、濡れた目元を手で擦った。

「教えて！　何でもいい、西条君が助かるなら何でもやるよ！」

「教えてもいいが、禁じられた術だからな。そいつが瀕死の状態の時にしか使えない」

「瀕死の…時…？」

昭光の鋭い眼差しに背筋を震わせ、歩は不安げに瞳を揺らした。


自宅への帰り道、歩はよろけるようにしてどうにか前へ進んでいた。

実家に戻り昭光から特殊な術を教わった。それは西条が瀕死の時にしか効かないと言われ、目の前が真っ暗になった。実際にその場に居合わせたとして、果たして教えられたとおりにできるかどうか自信がない。それでもやらなければ西条が助からないというのならやるしかない。

昭光は、ここ一週間か二週間のうちに、チャンスは訪れると言った。

それはつまり、昭光にはもう西条の死に目が分かっているということだ。それだけでもかなりショックなのに、自分はそれを目の当《ま》たりにしなければならないのだ。

気分は沈んで歩く足取りも重くなった。

二週間の間、西条から片時も離れずに見守っていなければならない。

歩はアパートに戻る前に憂鬱な気分で昨日行った動物病院へ立ち寄った。歩が預けた猫は手術を終え、かろうじて生きているがいつ死んでもおかしくない状態らしい。ますます落ち込んで駅前の西条の勤めている塾へ向かった。

ちらりと中を覗くと、生徒はもう帰っているようだ。中に入ろうかとも思ったが、今の暗い顔を見られたくなくて西条が出てくるまで塾の前で待った。

「おう」

一時間ほどして塾から出てきた西条が、驚いた顔で歩を見つけて近づいてくる。

「何だ、お前。待ってたのか。来てるの知らなかったから待たせただろ」

大きな手が歩の頭をぐしゃぐしゃと掻き乱していく。西条の顔を見上げ、その頬が少しやつれているのに気づいた。目立つほどではないし、むしろ精悍《せいかん》に見えてかっこいいが、やはり少しずつ蝕《むしば》まれているのを感じた。

「西条せんせーっ」

横から若い女の子の声が聞こえ、西条が振り向く。植え込みの傍に塾の生徒らしき若い女の子が二人立って、西条を手招きしていた。ちょっと待ってろ、と告げて西条が二人のほうに足を向ける。ずいぶん短いスカートを穿《は》いた子たちだ。

「せんせー、この後どっか行こうよ。ご飯だけでもいいからさぁ」

「進路のことも相談したいしー」

女の子たちが西条に気があるのは遠目でも分かった。べたべたと西条にひっつき上目遣いで甘えた声を出している。その二人の視線がちらちらと歩に注がれる。

「ねぇ、あれ先生の友達？　何かちょっとだサくね？」

「並んで歩いたら可哀相なレベルじゃん」

本人たちはひそひそと話しているつもりなのだろうが、ばっちり聞こえている。西条とつりあわないのは自覚しているが、そこまでひどいのかと意気消沈した。何だか居たたまれなくなって少し離れていようかと思ったとたん、西条が順番にごん、ごん、と女の子の頭をげんこつで軽く殴った。

「うるせーな、お前ら。人のことを言う前にその厚化粧落として来い。俺は厚化粧の女は嫌いだ」

西条の言葉とげんこつに女の子たちは「いたーい！」と頭を押さえて口々に文句を言っている。それを適当にあしらって、西条が歩の傍へ戻ってきた。

「聞こえてたか？　気にすんなよ、帰ろうぜ」

いつもどおり飄々《ひょうひょう》とした顔で西条が顎をしゃくる。歩は赤くなって西条と並んで歩き出した。西条があんなふうに言ってくれるとは思わなかった。何だか庇《かば》われたようで顔が熱くなる。

「西条君って……お、俺のことけっこう好きなんじゃない…？」

こっそり言ってみると、西条がげんこつで歩の頭を殴る。

「調子に乗んな」

嫌そうな顔で言われたが、げんこつはぜんぜん痛くなかったし、西条の横顔が照れたように見えて自然と笑みが浮かんできた。こういう時に手でも繋げたらいいのに、と思いながら歩は足を速めた。西条とは歩幅が違うので、急ぎ足になってしまう。

「何か食って帰るか？　いつも作ってもらってるし、おごるぞ」

ポケットから煙草《たばこ》を取り出して西条が聞いてくる。魅力的な申し出だったが、今は早く自宅に戻りたかった。昭光の言葉どおりなら、こうしている今も西条は危険にさらされている。路上に車が突っ込んで死んでしまう可能性だってあるのだから。

「う、ううん。嫌じゃないなら西条君の家に行きたいかな…。ご飯作るの好きだし」

家の中が安全というわけではないが、外にいるよりは安全だ。

「ふーん…？」

吸おうとした煙草《たばこ》を指で弄《もてあそ》び、再び箱の中にしまい込んで西条が薄く笑う。

西条と他愛もない話をしながらアパートに戻った。冷蔵庫に入れてある肉や野菜類を思い出しながら西条の部屋に入ると、急に腕を引っ張られる。

「西条君…？」

キッチンに立とうとした歩の身体を抱き寄せ、西条が屈み込んでくる。唇が近づいてきて思わず目をつぶると、柔らかく食まれるみたいに唇を吸われた。

「ん…ん…」

音を立ててキスをしながら、西条の手が優しく髪を撫でていく。うっとりするようなキスをくり返され、歩はとろんとした顔で西条に抱きついた。

「ど…どうしたの…？」

キスの合間に薄く目を開けて尋ねてみると、西条は「さぁ」と呟いて歩の前髪を掻き上げた。

「したい気分だったんだよ」

額にキスして西条が呟く。

「なぁ、飯の前にしてもいい？」

背中に回っていた西条の手がジーパンの上から尻を揉んでくる。露骨な誘いに顔を赤くして、歩は西条の胸にもたれた。

「い…いいけど、途中でお腹鳴るかも…」

「じゃあ耳を澄ませて聞いておかないと」

西条が笑って歩の背中を撫でる。今度は唇を開いて深く口づけられ、歩は目を閉じて西条に身を委《ゆだ》ねた。

一度互いに達した後、食事をしてシャワーを浴びて、またベッドにもつれ込んだ。西条とたびたびセックスするようになって、キスをするのもだいぶ慣れてきた。まだ自分から積極的にするほどではないが、とりあえず息を止めてしまう癖だけは直ってきた。

今日の西条はゴムを使って挿入してきたので、ずいぶん長い間歩を責め続けた。中に入れられる感覚というのは西条と抱き合うまで知りえなかったもので、行為を重ねるごとによくなっていく気がする。その証拠に、今日はずっと奥を揺さぶられ続けて、気持ちよすぎて泣いてしまったくらいだった。

「ひ…っ、あ、あ…っ、う…っ」

硬くて熱いモノで内部の感じる場所を突き上げられ、もう声を殺すのは無理だった。西条は歩の表情を眺めながら、しつこく感じるところを責めてくる。感じすぎて怖いからやめてほしいというと余計にそこばかり擦られる。

「もうやだぁ…、あ…っ、ひ、ぃ…ん…っ」

射精してもまだ中を突き上げられ、泣きながら何度もイかされてしまった。西条の気がすんだ頃にはもうくたくたになっていて、ベッドから動けなくなったくらいだ。

「おい、生きてるか?」

冷蔵庫からペットボトルを持ってきて西条が頬に押しつけてくる。喘ぎすぎて口の中が渇いていた。ペットボトルの水をもらい、どうにか一息つく。西条に抱かれると気持ちよすぎて理性が吹っ飛んでしまって困る。

「そういや明後日、俺、大阪《おおさか》に行ってくるから」

横たわっている歩の隣に腰を下ろし、西条がペットボトルに口をつける。ぼうっとしていた歩は、ぎょっとして顔を上げた。

「お、大阪って何で？」

しばらくの間、西条とは常に一緒にいないと駄目なのに、大阪と聞かされ不安になる。

「受けなきゃならない研修があるんだよ。同じ系列の塾の教師が集まるんだ。土日でホテル泊。みやげ何がいい？」

西条の横顔を見上げながら、歩は内心焦りを感じていた。大阪なんて困る。遠すぎてついていけない。けれど仕事では行くなとも言えない。

「朝…出るの？　何時に行くの？　新幹線？　飛行機？」

身を起こして矢継ぎ早に尋ねると、西条がやや怯んだ顔で飲んでいたペットボトルを口から離す。

「羽田《はねだ》発の飛行機だけど…何だよ、まさか寂しいとか言わねぇよな。たかが一泊だろ」

歩が真剣な顔で聞いてくるのが妙に思えたらしく、西条が首をひねる。

「飛行機…何時の便？」

「九時頃だったかな。つーかだから何で」

「俺も一緒に行っちゃ駄目?」

「はあ?」

ぽかんとした顔をして西条が大声を上げる。

「アホか、お前。何で仕事で大阪行くのにお前がついてくるんだ。お前はストーカーか」

軽く頭を叩かれて、確かに自分の行動が行き過ぎているのに気づき口をつぐんだ。歩だってそこまでついて行きたいわけではないが、昭光に言われた言葉どおりなら土日に何か起こるかもしれない。昭光に教わった術は瀕死の西条の傍にいないと駄目なものだ。遠い大阪ではどうにもできない。

「……ごめん。何でもない」

西条に術の説明も、すぐ目の前に死の危険が迫っている話もできない以上、他の手を考えるしかなかった。しょげた顔で歩が謝って再びベッドに横たわると、西条の手がこめかみに張りついた髪を掻き上げる。

「変な奴だな」

長い指が髪を梳《す》いていく。どうにかして西条と同じ便に乗って傍から見守らなければ。歩はぐるぐると考えを巡らせて、目をぎゅっとつぶった。

ふいに足首を引っ張られた気がして眠りから目が覚めた。

部屋は真っ暗で、隣に眠っている西条の寝息しか聞こえてこない。歩はそっと身を起こし、室内を見渡した。誰かの視線を感じる。それはねっとりと歩に絡みつくようだ。心拍数が上がっているのに気づき、気を落ち着かせようと深呼吸した。

西条は穏やかな寝息を立てている。その顔を見たらほんの少し安堵した。

西条の部屋のベッドで一緒に眠る回数が増えた。狭いと文句を言いながらも西条は歩が部屋に帰ろうとすると引き止める。

あの西条とこんなふうに抱き合って眠る日がくるとは思いもしなかった。西条は好きだというたぐいの言葉は一切口にしないが、自分が傍にいるのを許してくれるだけでも大きな進歩だと思う。言葉はなくても、西条の懐近くに入れた気がして胸がいっぱいになる。

(西条君が死んだらどうしよう)

急に暗い考えに取り憑かれて、目が潤んできた。しっかりしなければいけない。西条を助けるために、どんなことでもしなければと思っても、いつどんな事態が訪れるのか分からなくて不安になる。

「西条君……」

西条の寝顔を見つめながら小声で告げると、切なくなって涙がこぼれてきた。自分がすごい力をもっていたのなら、今すぐにでも西条にまとわりつく死の影を消してしまうのに。

(駄目だ、駄目だ。こんな気持ちじゃ)

鬱屈《うっくつ》した気分を振り払おうとして、歩はベッドから抜け出し水を飲みに行った。腰はまだだるくて、嫌でも西条との行為を思い出す。

蛇口をひねって水をコップに汲《く》んでいると、うなじの辺りをぞわぞわと嫌な感触が這い登った。蛇口を止め、コップをその場に置いてふらふらと窓に近づいた。無性に外が気になって仕方なかった。

カーテンを開けてそっと窓から外を覗いた。

アパートの一階の植え込み辺りに、髪の長い女性が立っていた。見た瞬間、ぞくりと背筋に震えが走り、全身を鳥肌が覆う。暗くて顔はよく見えないが、この前猫を捨てていった女性に見えた。

我慢できずに歩は靴を履いて、部屋を飛び出した。パジャマ姿のまま、階段を駆け下り、女性のいた植え込みの辺りへと走る。

そこには誰もいなかった。確かに見た気がするのに。

歩は女性を捜してしばらく辺りをうろつき回った。姿は見えないが、未だに身体中を這うような視線がまとわりつく。

嫌な視線を払うように自分の腕を抱きしめ、歩は振り返りつつアパートに戻った。

「顔色が悪いぞ」

食事をすませた後、気になった様子で西条《さいじょう》に言われ、歩《あゆむ》は慌てて笑顔を取り繕った。

「う、うん、ちょっとお腹が痛くて…」

顔を引きつらせて答えると、西条が目を丸くして薬を探そうとしてくれる。慌ててもう飲んだと告げて西条を座らせた。

昨夜はほとんど眠れず、バイト先でも暗い顔ばかりしていた。明るいだけがとりえでしょ、と大芝《おおしば》にまで心配されたくらいだから、よほどひどい顔をしているのかもしれない。何しろ西条と同じ飛行機の便を予約しようと思ったのに満席で、チケットが手に入らないのが確定したからだ。どうすれば西条についていけるだろうかと考え続けたが、結局答えは出なかった。先回りして西条を待っているという手もあるが、金銭的に余裕のない歩には無謀な計画に思えた。

最後の手段は西条を行かせないというものだけで、これはかなり良心が痛んだ。

けれどやるしかない。

今夜の食事に睡眠導入剤を混ぜた。こんな手を使う自分が信じられなくて後ろめたくてたまらなかったが、これ以外に方法がなかったのだから仕方ない。

西条はいつもどおり歩の作った食事を美味《おい》しそうに食べている。こうしている今も西条を騙《だま》していると思うと、胸がちくちく痛んでくる。

「お前、今日も泊まってくのか？」

旅行の支度をしながら西条があくびを連発して尋ねてくる。薬が効き始めているのを確認し、歩は視線を逸《そ》らして「う、うん」と頷《うなず》いた。

「駄目かな…、明日起こしてあげるから」

西条は明日の朝、出発する。今部屋に戻されては、西条が朝目覚めてしまうかもしれない。このまま一緒に泊まって目覚ましのセットを解除しておきたかった。

「別にいいけど」

黒いバッグに下着や書類を詰め込んで西条が呟《つぶや》く。一泊二日では大して荷物はないようで、西条はすぐに旅行の支度を終えてしまった。

「お前、泊まっていくならこれやるよ」

眠そうな顔をして西条が銀色の光る物を放り投げてくる。ベッドの傍《そば》に座っていた歩は焦ってそれを受け取り、目を丸くした。西条が投げてきたのは鍵《かぎ》だった。

「こ、これ合鍵…？」

びっくりして聞き返すと、西条が歯を磨きながら「あー」と声を上げる。

「俺は朝早いから勝手に出るし。お前が帰る時にでも使え」

西条はすぐに洗面所に消えてしまったので、どういう意味で鍵をくれたのか分からなかった。

西条が鍵をくれた。

まさかそこまで気を許してくれているとは思わなかったので、言葉に詰まってしまった。

もしふつうの状態なら、これほど嬉《うれ》しいことはなかったのに。今の歩にとっては、後ろめたさを増長させるものでしかない。

「あー何かすっげぇ眠い…。もう寝るわ」

しきりにあくびをしていた西条は、そう告げると早々にベッドに潜り込んでしまった。薬の効果か、三十分もすると熟睡してしまう。肩を揺すっても名前を呼んでも起きないのを確認し、歩はすぐさま時計の目覚まし機能を解除した。ついでに携帯電話の目覚ましも解除する。

それから一度自分の部屋に戻ってきて、おもちゃ屋さんで買い求めた物を持ってきた。

「西条君、ごめんね」

小声で謝りながら西条の手首に手錠をかける。安物の手錠だが鍵がなければ開けられない物だ。その片方を西条の手に、もう片方を自分の手首にかける。これで万が一起きたとしても、出かけられないはずだ。

きっと起きたら激怒するだろうけれど、西条を引き止めるやり方が他に思いつかなかった。

手の中に握った鍵が重くてたまらない。

(西条君…怒るよなぁ…)

ぐっすりと眠り込んでいる西条の顔を見て、重いため息がこぼれる。西条のためとはいえ、嫌な選択をしてしまった。研修に出られなければ、西条の仕事上の立場も悪くなるだろうに。

「ごめん…ごめんなさい…」

寝ている西条に向かって、歩はしきりに謝り続けた。


翌日、西条が目覚めたのは九時ちょうどだった。

「な、何やってんだ‼　お前は！」

目覚めた瞬間、遅刻だと気づいた西条は、すぐさまベッドから起き上がろうとした。だが同時に歩と手錠で繋《つな》がっているのも気づいた。呆然《ぼうぜん》とした顔で最初に怒鳴った言葉がそれだ。

「ふ、ふざけんな、お前‼　冗談にしてもほどがあるだろうが！　今すぐこれを外せ！」

何が起きているのか理解できないままに、西条が大声で怒鳴りつけてくる。歩は恫喝《どうかつ》されてびくっと身を竦《すく》めながら、「ごめんなさい！」と謝った。

「ごめんなさい！　ごめんなさい！」

西条に胸倉を摑《つか》まれて、必死になって謝り続ける。謝りながらも鍵を出さずにいると、西条が目を吊《つ》り上げて殴りかかろうとしてきた。

「ごめんなさい…っ、ごめんなさい…っ」

西条の怒りが怖くてぼろぼろ涙が出てくる。真っ青な顔で泣きながら謝り続ける歩に、西条が振り上げた手をぎりぎりで止めてくれた。代わりに髪を掻《か》き乱し、激しく壁を拳《こぶし》で叩《たた》きつける。

「ごめんじゃねぇよ！　どうでもいいから鍵を出せっつってるだろう！　これじゃ研修に出られないだろうが！」

西条の怒り狂った声に歩はびくりと肩を震わせ、ベッドにうずくまった。鍵は冷蔵庫に隠してあるから、すぐには見つけられないはずだ。どんなに怒られても、殴られても、出すわけにはいかない。

「……クソ、何なんだよ？　泣きたいのはこっちだ、何でこんなことすんだよ？　お前、俺に恨みでもあんのか」

さんざん怒鳴ったあげく、歩が鍵を出さないと知り、西条が苛立《いらだ》った声を上げた。

「ち…違う…、ごめんなさい…、大阪《おおさか》に行かないでほしいだけ…」

うずくまった状態で小声で訴えると、西条が「はあ？」と呆《あき》れた声を上げた。

「もういい加減にしろよ、お前…。たかが一泊でここまでするか？　お前は頭がおかしい、信用して泊めてた俺が馬鹿だった、信じられねぇよ…」

吐き捨てるように西条に言われ、胸が締めつけられるみたいに痛くなった。もしかして自分はとんでもない間違いを犯したのではないだろうかと焦燥感に駆られた。せっかく信用してくれた西条の気持ちを踏みにじってまでやるべきではなかったのではないか。

(俺…、俺、とんでもないことしちゃった…)

真っ青になって身体を震わせていると、西条がため息を吐《つ》いて立ち上がった。当然手錠で繋がっていた歩の腕も引っ張られ、怯《おび》えて顔を上げる。

「来い」

険しい顔つきで西条にキッチンに引っ張られ、歩はおどおどした顔で西条を見た。西条は無理やり歩の腕を引っ張ると、まな板の上に載せて包丁を取り出す。

「ひ…っ」

刃のきらめきが目に入って、歩は恐怖でしゃがみ込んだ。舌打ちして西条が腕を引く。

「鎖を切るだけだ。暴れるとてめぇも刺すぞ」

冷たい声で再び腕をまな板の上に載せられ、全身を震わせた。怒っている西条を見たら本気で刺されるのではないかと怖くなった。

西条が包丁の刃を鎖に当てたとたん、部屋の隅から携帯電話の着信メロディが流れ出す。顔を強張《こわば》らせて西条が動きを止めた。

着信メロディは、鳴り止まない。

「クソ…っ。お前のせいで、こっちはとんだ失態だ」

包丁を放り投げ、西条が忌々《いまいま》しげな声で呟きながら再び隣の部屋に戻り、ベッドの傍に置いてあった携帯電話に出た。

「はい――」

『西条、大丈夫か!?』

手錠で繋がれていたせいで、電話相手の声が歩の耳にも飛び込んできた。中年の男の声が焦った様子で西条の名を呼んでいる。

「すいません、ちょっと飛行機に乗り遅れて、今から…」

西条が申し訳なさそうな声を出すと、意外にも安堵《あんど》した声が返ってくる。

『よかった、無事だったんだな！　君の乗るはずだった飛行機、大変だぞ！　今テレビでやってるから見てみろ』

ぽかんとした顔で西条が絶句し、すぐさまテレビをつけた。適当なチャンネルをつけたにもかかわらず、炎上している飛行機が視界に入った。

「ただいま空港前です。ご覧のとおり大変な惨状になっております。負傷者が救急車で運ばれているようです」

炎上している飛行機の前で、ニュースキャスターが切羽詰まった顔で報道している。歩も呆《あっ》気《け》にとられて画面に見入り、恐ろしさに震えた。

西条の乗るはずだった飛行機にエンジントラブルが発生して、離陸直後炎上したらしい。幸い乗客は全員避難したが、後部席から火の手が上がり、何人かは重傷の火傷《やけど》を負ったとニュースキャスターは説明している。画面上ではジャンボ機が見るも無残な姿になっている。

『君と一緒に行く予定だった鷺沼《さぎぬま》さんが重傷の火傷を負ったみたいだ。君はそのまま自宅待機してくれ』

「あ…はい…」

上司らしき男との会話を終え、西条が携帯電話を切る。

しばらく西条は無言でテレビを見ていた。

もし出かける西条をそのまま見送っていたらこの爆発に巻き込まれていたのだろうか。今頃震えてきて、歩は硬直状態になった。

「お前……」

かすれた声で西条が呟く。

「知ってたのか？　これ。だから行かせまいとしたのか…？」

西条が薄気味悪いものを見る目つきで歩に問いかけた。まさか死相が出ていると父に言われたなどとは言えず、歩は必死になって言葉を探した。

「さ…西条君のおばあちゃんが、飛行機に乗せるなって…」

苦しまぎれにそう告げると、西条は無言で再びテレビ画面に目を向けた。西条が信じたかどうかは分からないが、他に理由を思いつけなかった。

長い沈黙の後に、西条がだるそうな声で告げる。

「……鍵」

「え？」

「もう大阪行かねぇから、鍵出せ」

じっと歩の目を見て、西条が手を差し出す。歩は重い腰を上げて、西条と冷蔵庫に向かった。冷凍庫にしまった鍵を取り出すと、手錠を外す。

「……ったく、わけ分かんねぇ…」

西条は混乱した顔で自由になった手首をさする。その顔を見ていたら再び申し訳なくなって、歩はうなだれた。

「ごめん…だって、行かないでって言っても信用してくれないと思って…。怒ったよね？　ごめん、俺もこんな真似《まね》嫌だった…。でも、でも…っ」

「もういい」

尖《とが》った声で遮られ、歩はびくっと震えた。西条は背中を向け、全身に怒った気配を滲《にじ》ませている。

「もういいから、出て行け。一人になりたい」

「さ、西条君…っ」

「助けられてもぜんぜん嬉しくねぇ…。とっとと帰れ」

西条の拒絶を感じて、ぶわっと涙がこぼれ出た。西条はかなり立腹している。振り向かないその背中が涙でよく見えなくなり、歩は足を震わせながら西条の部屋から出て行った。

自分の部屋に戻ると、悲しみが増して部屋の隅で泣きじゃくった。西条を怒らせる気なんてなかったのに。

どうすればよかったのだろう。どんなふうにやれば西条は怒らずにいてくれたのだろう。ただ悲しくて歩は一人で泣き続けた。謝っても許してくれない西条を思うと、胸が痛くて涙が止まらない。西条が怖い。せっかく築き上げた信頼すら失ってしまった。きっともう笑いかけてくれない。

(俺、どうすればよかったんだろう)

顔をくしゃくしゃにして歩は嗚咽《おえつ》を上げた。

昨夜一睡もしていなかったこともあって、歩は気づいたら泣きながら床で眠ってしまった。目覚めると瞼《まぶた》が腫《は》れぼったく、洗面所の鏡を見るとひどい顔をしている。泣き疲れて眠るなんて子どもみたいだ。歩は冷たい水で洗顔し、気持ちを切り替えようとした。

泣いている場合ではない。飛行機に乗るのを阻止できたといっても、西条が死ななくなったわけではない。西条に黒い影がまとわりついている以上、この先も見守っていなければならないのだから。

それに昭光から教わった禁術は、西条が瀕死《ひんし》の時にしか効かないという。ずっと西条に張りついて、西条が危険な状態になったらすぐに禁術を使えるようにしておきたかった。

(西条君…出かけてないよね)

西条の部屋があるほうの壁に耳を押しつけ、西条が部屋にいるかどうかを確かめた。壁伝いにテレビの音が聞こえてくるから、西条は部屋にいるのだろう。

安堵して歩は壁に背中をもたれかけた。

(もし飛行機に乗っていたら、西条君は死んでいたのかな…。だとしたら、明日から西条君の出かける先に常についていかなきゃ危険だってことだよね。塾の行き帰りだって心配だし…。西条君に嫌われてもやらなきゃ)

出て行けと冷たい声で告げられたことを思い出すと涙が盛り上がってくるが、今はそれよりも西条の命を助けるという使命を全うしたい。絶対死なせない。

歩は膝を抱え、暗い室内でじっと隣の部屋の音を聞いていた。

西条の動向を見守るというのは、思った以上に至難だった。何しろいつ外へ出て行くか分からないので、常に隣の部屋の物音に耳をすませていなければならない。ドアの開く音が聞こえるたびにどきりとして飛び上がる始末だ。

日曜は休みだったのか家にいてくれたから助かったが、翌日からが大変だった。西条が仕事場へ出る時間を気にしつつ外へ出て、出勤するその背中を追いかけ、本人に気づかれないように一定の距離を保って歩く。

飛行機事故のこともあって、いつどんな災厄が降りかかるか分からなくなったので、バイトも休み、塾が見える近くのファーストフードで一日中西条が出てくるのを待った。見つかってまた怒鳴られたらと思うと怖くてたまらず、歩はかなりの距離を保って西条を見張っていた。最初の日はまだよかったのだが、一日、二日と経つと神経が磨《す》り減ってきてつらい作業となった。よく刑事ドラマで犯人の張り込みをしているが、これほど大変な作業とは思わなかった。トイレにもなかなか行けないし、待っている時間もくたびれる。交替要員がいるわけではないから、一人でやるには限界があった。こんなことなら塾の時間割をあらかじめ聞いておけばよかったと後悔したくらいだ。

朝から晩まで西条を見守る。

そんな日々を三日も繰り返すと、何だか自分のしている意味が分からなくなってきてしまった。最初は確かに西条が危ない目に遭わないようにと願っていたはずなのに、四六時中監視している状況に、まったく反対の感情がちらつくようになってしまった。

——早く西条が危ない目に遭えばいい。

そうすれば助けられる。このどっちつかずの苦しみからも逃れられる。そんな考えが頭に浮かぶようになり、恐ろしさに呆然とした。

(俺、何考えてるんだ。こんなの自分が楽になりたいだけだろ)

慌てて危険思想を追い出そうとするが、四日目が過ぎても西条の身に何ら異変が起きないと、いっそ事故でも起きてくれればいいと願ってしまう自分がいた。

何だか頭が重い。身体もだるいし、吐き気も込み上げる。

ろくに寝てないし、毎日ファーストフードの添加物の多い食べ物ばかり食べているせいかもしれない。いつまでこの生活を続けなければならないか分からなくなっていた。

苦しい。苦しい。苦しい。西条を監視し続けるのも、西条がまったく声をかけてくれなくなったのも、何もかもが苦しくてたまらない。

店のトイレで食べた物を吐き戻し、歩はだるい身体で塾の窓ガラスを見つめ続けた。

五日目に塾の傍でうろついていた時、こんな女の子の声が聞こえてきた。

「でさぁ、そいつしょっちゅう塾の傍うろついてんの。不気味じゃね？」

「貞子《さだこ》の次は貞夫《さだお》かよ、西条ってとことん災難な男だねー」

甲高い声で笑う女の子たちが塾に入って行くのが見え、歩は足を竦ませた。

彼女たちの会話が頭の中で反芻《はんすう》され、ざーっと血の気が引く。彼女たちが噂しているのが自分だとはっきり分かってしまった。

(俺…、俺、何やってんだろう…。これじゃ俺がストーカーみたいじゃん)

西条を助けたいあまり自分を客観的に見ることができなくなっていた。考えてみればこんなふうに西条の傍をまとわりついている自分は、あのキリエという女性と何ら変わりなかった。そのことに突然気づき、大きくショックを受けて歩はその場を逃げ出した。

頭が真っ白になってしまい、ふらふらの身体で自宅に駆け込むと、敷きっ放しの布団に潜り込んで気分を鎮めようとした。

(何でこんなふうになっちゃったんだろう…？)

確かに西条を助けたいと思ってしたことなのに、空回り悪い方向へ向かっている。

(西条君を助けたい。西条君を助けたい。西条君を…)

西条を助けるためには、彼が瀕死の状態にならなければならない。だから常に傍にいて、その時が来るのを待とうとした。その瞬間がいつ来るか分からないし、肝心の西条にはあれから声もかけてもらえなくなってしまったから、こうやって陰から見張っているしかできなかった。

すべては西条を助けるためだから。

(いつ西条君は死にそうになるんだろう。それさえ分かれば、手が打てるのに…)

ぼんやりと天井を見上げ、歩は考え続けた。

——その時、天啓のように素晴らしい考えが閃《ひらめ》いた。

(そうか…、俺が、西条君を、殺せば、いいんじゃないか…)

今まで思いつきもしなかった発想に歩は目を見開き、布団をめくって起き上がった。

待っているからいけなかったんだ。自分で行動すればよかった。西条を死なない程度に傷つけ、そして昭光に教えられたとおりに術を使えばいい。

歩はシンクに向かい、包丁を取り出した。

西条が帰ってくるところを狙えば、きっとうまくいく。毎日耳をすませていたから、西条の足音が分かるようになっていた。

(もっと早くにこうすればよかった。俺って本当に馬鹿だな…)

刃のきらめきを眺め、歩はしばらくその場に立ち尽くした。

急に吐き気が込み上げてきた。何だか気持ち悪くてたまらず、シンクにげぇげぇと吐瀉《としゃ》してしまう。咳《せ》き込みながら今朝食べた物を吐き出し、苦しくて涙を流した。

「げほ…っ、げほ…っ」

辺りに嫌な臭いが立ち込める。蛇口をひねり水を流すと、歩は口をゆすいだ。身体の調子がおかしい。睡眠不足とまともな食事をしていないせいだろう。

歩は口元を拭《ぬぐ》い、気分の悪さを取り除こうとして、再び布団に倒れ込んだ。だるさがとれない。枕元に包丁を置いたまま、重苦しい頭を拳で叩いた。

——ふいに、チャイムが鳴った。乱暴に何度も押され、びくっとして身体を起こす。

ふらつく身体でドアを開けに行くと、そこに立っていたのは父だった。

「父さん…？　どうしたの…？」

昭光の顔を見たとたん、嫌な気分でいっぱいになった。早く追い返したくてたまらない。顔も見たくないし、目も合わせたくない。一体何の用だろう？

「馬鹿が、取り憑《つ》かれおって」

昭光が舌打ちして、入っていいとも言わないうちからずかずかと部屋に上がりこんできた。昭光の存在に気圧《けお》されるように歩は身を引き、部屋の隅へ逃げようとした。その腕を捕まえられ、いきなり激しく背中を打たれた。

「この馬鹿が！　しっかりせんか！」

ばしん、ばしんと背中を何度も打たれ、昭光が経を唱え始めた。たかが背中を叩かれているだけなのに、苦しくて涙が滲み出てくる。自分の中に何かがいる。のた打ち回っている。

「げほ…っ、げほ…っ」

しばらく昭光に背中を打たれていると、急に靄《もや》がかかっていた視界がクリアになってきた。

重苦しかった身体が軽くなり、意識がはっきりしてくる。

「あ…う…、俺…?」

昭光の手が離れ、力を失ってその場に転がり込む。あれほど苦しかったのに、今は呼吸が楽になっていた。

「わぁ…っ!!」

床に転がった拍子に、枕元に置かれた包丁に手が触れた。びっくりして飛びのき、歩は真っ青になって全身を震わせた。

一体自分は何を考えていたのだろう?

西条を助けるために、西条を殺そうとするなんて、本末転倒もいいところだ。

「やっと目覚めたか、この馬鹿息子が。とはいえお前がそうなっちまったのは俺にも責任があるからなぁ…」

大きくため息を吐いて昭光が目の前に腰を下ろす。歩は青ざめた顔で昭光と包丁を交互に見つめ、ぱくぱくと口を開いた。

「ここ数日死んだ母さんが夢枕に立って、お前がおかしくなってるとうるさいんだ。お前もいい大人なんだし、自分でどうにかするだろうと思って放っておいたんだが…、ちょっと霊視したら悪いもんを大量に背負ってるじゃないか。お前は霊媒体質なんだから、ふさぎこむと悪い霊を呼び込みやすいんだ。いつも気をつけろと言っておいたろうが」

厳しい顔で説教され、歩は血の気が引き身体がつめたくなった。自分ではまったく気づかなかったが、いつの間にか暗い妄執たちに取り憑かれていたらしい。

「お…、俺…、危なかった…、西条君を殺すとこだった…」

今さらながらぞっとして歩は急いで包丁を片付けた。まだ心臓が昂《たかぶ》っていて、恐ろしさで指が震える。自分が人を殺そうと思ったなんて、未だに信じられない。

「そのことなんだがな、あー」

再び昭光と向かい合って座ると、咳払《せきばら》いしてとんでもない事実を明かされた。

「…すまん、あの禁術は真っ赤な嘘だ」

「ええーっ!!」

驚愕《きょうがく》のあまり部屋中に響き渡るほどの大声を上げ、歩は昭光の肩を摑んだ。

「ど、ど、どういうこと!? 俺、父さんが言ったから、信じて…っ!!」

わなわなと震えながら嚙《か》みつくと、昭光が珍しく申し訳なさそうな顔で頭を掻いた。

「そういえばお前が諦《あきら》めてくれるかと思ったんだ。大体瀕死の人間に効く禁術なんてあるわけない。あれは適当な真言《しんごん》と作法を混ぜ合わせただけのしろもんだ」

あっさりと昭光に種明かしされ、怒りのあまり父とはいえ殴りかかりたくなった。こっちは信じて西条を殺すとまで思いつめたのに、まさか嘘だったというのか。

「いやー悪い、悪い」

「悪すぎるよ！　俺、もう少しで人殺しだったよ‼」

拳を震わせて歩が怒鳴りつけると、昭光が両手を合わせて頭を下げてきた。ぎりぎりで昭光が止めてくれたからよかったようなものの、本当に危ないところだった。あやうく西条を殺した上に生き返らないと嘆く、ただの頭のおかしい人間になりかけた。

「ま、まさか死相が出てるっていうのも嘘だったの⁉」

ハッとして聞くと、昭光が腕を組んで頭を振る。

「いや、それは本当」

「だったら父さん、西条君を助けてよ！　父さんが除霊してくれれば、西条君は…‼」

「いやー…。それがな…。あーこうなったら全部言うしかない。お前、俺の裏稼業、知ってるよな」

言いにくそうに昭光が切り出し、歩は顔を強張らせて頷いた。

拝み屋と呼ばれる昭光は心霊関係の相談を請け負っているが、中には恨み紛《まが》いの頼みごとをしてくる人間もいる。歩はその方面の依頼にはタッチしていないが、時々請け負っているのは知っていた。

「だいぶ前に訪れた依頼者が…殺したい相手がいると言ってきたんだ。その相手があの西条って男だったんだ」

呆然として歩は目を見開いた。

しとしとと小雨が降ってきた。

歩は二階のアパートの自分の部屋の前にしゃがみ込み、ずっと西条を待っていた。もう塾で見張るだけの勇気がなく、西条が戻ってくるのを部屋で待つことにした。西条が死ぬという妄想に取り憑かれていたとはいえ、よく毎日西条の傍を張りついていたものだと思う。しかも自分は悲壮感漂っていたから、見た目にも気持ち悪かったはずだ。思い出すだけで恥ずかしくてたまらない。冷静に考えれば、かなり迷惑な行為だった。西条には謝りたい。

いい機会だから、西条には今まで隠していた話もしたいと思っていた。西条に嫌われるのが怖くて実家の稼業も秘密にしてきたが、今日昭光が訪れて話した内容を語るなら、そこは避けて通れない。

夜十時を過ぎ、雨の勢いが少し弱まってきた。そろそろ帰ってくる頃だろうかと待っていると、階段を誰かが上ってくる音がした。

慌てて立ち上がると、西条が傘を畳みながら歩いてくる。西条は部屋の前で立っていた歩に気づき、わずかに目を見開いたが、そのまま部屋の前まで無言で歩いてきた。西条の頬《ほお》がこけて痩《や》せたのが傍目《はため》からも分かった。黒い影はどす黒く成長し西条を今にも呑《の》み込みそうに見える。

「さ、西条君…、ごめん！　こ、この間のこと…っ」

自分の部屋の前を通り過ぎようとする西条に、大声で叫んで頭を下げる。一瞬だけ西条は立ち止まったが、そのまま自分の部屋のドアに鍵を差し込んだ。

「あの……まだ怒ってる？　それに俺しばらくずっと周りをうろついてて…」

何も言わない西条が恐ろしくて、歩は俯《うつむ》いたまま情けない声で謝り続けた。西条がドアを開ける。

「俺、謝りたくて…あの、俺本当に西条君を…」

「——怒ってねぇよ」

歩の声を遮って、西条がそっけない声で告げる。やっぱり怒ってる、と怯えながら顔を上げると、西条はドアを開けた状態で歩を見ていた。

「入んねぇのか？」

西条の言葉にぱぁっと目を輝かせ、歩は急いでドアに駆け寄った。よかった、まだ西条が部屋に入れてくれる。それだけで胸がいっぱいになった。

西条の部屋に入ると、室内は少し湿気《しけ》た臭いがした。西条は濡《ぬ》れた背広を壁にかけ、キッチンに立ってコンロにヤカンを載せ火を点《つ》けた。

「……俺も言いすぎたよ。あん時は混乱してて腹、立ててたから…」

ネクタイを弛《ゆる》めながら西条が呟く。西条が本当に怒っていないと分かり、ホッとして緊張が解けた。

「う、ううん、悪いのは俺だよ。だって手錠をかけるなんて、やっぱりおかしいよね。俺、馬鹿だから他に思いつかなくて…、ごめんね、もうしないから許してほしい」

シンクの前に立つ西条をしっかりと見つめて、もう一度頭を下げる。

「あと塾の周り、うろうろしてごめんなさい。西条君が心配で…でも行き過ぎた行為でした。本当にごめんなさい。変な噂になってると思うけど…、もうしないから…」

深々と頭を下げたまま、しっかりと全部謝った。練習したせいか、もたつかずに言えた。

「ああ…そうだな、二度とすんなよ」

そっけない声に胸が痛くなったが、その後すぐに大きな手のひらが頭を軽く叩いてきた。顔を上げると、西条がしょうがないな、という顔で自分を見ている。

「お前のこと生徒が貞夫とかネーミングしてたぜ。あんな思いつめた顔でうろうろすんなよ。マジ、うぜぇ。つかキモい」

「ご、ごめん…っ」

「しかも何かやつれてるし。お前は能天気なのがとりえだろ。考えすぎてんじゃねぇよ…馬鹿」

かすかに笑って西条が頰に手をかけてくる。ゆっくりと屈み込んで西条にキスされ、歩は唇が震えて一瞬泣きそうになってしまった。まだキスしてくれる。それが嬉しくて西条に抱きついた。

「西条君…っ」

西条のシャツに顔を埋め、ぎゅっとしがみついた。

背中を優しく叩かれて、安心して肩の力を抜くと、ちょうどお湯が沸騰《ふっとう》してヤカンが鳴り出した。西条の手が離れるのを残念に思い、歩ははにかんだ笑顔を見せた。

西条が淹《い》れてくれたコーヒーを飲みながら、歩は今までずっと隠していた話を切り出した。

「西条君、今まで言わなかったけど…、俺の家、拝み屋っていう祈禱師《きとうし》してるとこなんだ。西条君が霊とかそういう話、嫌いだって知ってたから、ずっと言えなかったけど、聞いてほしい」

ベッドを背もたれにして、歩が真面目な顔で話し始めると、西条がコーヒーに口をつけ、意外な言葉を吐いた。

「何か寺関係だろうなっていうのは分かってた」

「えっ⁉」

　まさか西条がそんな予想をしていたとは思わず、歩はびっくりして目を丸くした。

「同じクラスになって…お前、席後ろだったろ。ずっと香の匂いがしてたから」

　あっさり西条に言われて必死に隠していた自分が馬鹿みたいに思えた。確かに実家では絶えず香を焚《た》いていたから衣服にもついていたかもしれない。

「昔から匂いには敏感だったから、いつも香の匂いがしてるのも気づいてた。ところで拝み屋って何だ？　坊主とどう違うんだ」

「う、うちのお父さん、元坊主で…寺を破門されて勝手に心霊関係の商売始めちゃったんだ。あんまり大声では言えないけど、報酬は言い値だから、警察に捕まるぎりぎりのこともしていたりして…。一応まともに心霊相談を受けた相手の除霊とかもするんだけど、内緒でたまに恨みをはらしてほしいって人の相談にも応じるんだよ」

「何だ、そりゃ」

　西条が呆れた顔で呟く。

「もちろん父さんが何かするわけじゃなくて、その人にやり方を教えるだけなんだけど…。ほら、丑《うし》の刻《こく》参りとかあるでしょ。真夜中にわら人形に釘《くぎ》打ったりとか…、真夜中の神社に百回お参りするとかさ…。そういうのを教えるの」

　西条は一応歩の話を聞いているが、その顔は顰《しか》め面《つら》で今にも「もういい」と止められそうだった。歩は急いで本題に入った。

「そ、それでね。その中に、あの西条君をストーカーしてるキリエって人がいたんだって」

顰め面で話を聞いていた西条が、やっと意味が分かったようで表情を和らげる。

「ああー。あいつならやりそうだな」

「呪《のろ》いっていうけど、術者の念のこもり方一つで平手で叩かれたようにも、刀で刺されたようにもなるんだよ。だからね、それを避けるためにも呪い返しっていうのをしたいんだけど、いいかな」

「呪い返し…」

西条の顔がいかにもうさんくさそうに歪《ゆが》められた。慌てて歩は持ってきた鏡を取り出して、説明した。

「あ、あのね。そんなにたいそうなことするわけじゃないんだよ。この鏡を玄関のところに置くだけ。鏡ってはね返す力があるんだ。嫌かもしれないけど、これ置いてもいい？」

鏡を置くだけ、と聞き、西条の顔から険しさがとれた。安堵して玄関に走り、鏡を靴箱の上に置く。鏡の映る部分をドアに向ければいいだけだから簡単だ。

ベッドの傍に戻ってコーヒーを啜《すす》る。コーヒーにはちゃんと牛乳が入っている。

「……その…本当はキリエって人に会って話すのが一番の解決策だと思うんだ。嫌だと思うけど、そのキリエって人に会いに行かない？　俺、思うんだけどキリエって人、西条君に無視されてるのが一番嫌だと思うんだ。だからわざと姿見せて嫌がらせするんじゃないかな」

西条の表情を窺《うかが》いながら告げると、西条は黙ってコーヒーを飲み干して髪を掻き上げた。

「会っても無駄だろ。俺だって一応話してみたことくらいあるさ。あいつとはまったく話が嚙《か》み合わない。何かわけ分かんねーことブツブツ呟いてるだけだし、まともな人間とは思えねー言動しか返ってこないし」

「そんな…でも一度は付き合った人なんでしょう？」

西条の言うキリエという女性像が不気味に思えてきて、歩は顔を引き攣《つ》らせた。

「付き合ったっつっても、二、三度飯食っただけだ。粘着質っぽいからヤるだけの相手にしておこうと思ったら、体臭が合わなくてその気になれなかった。ああ、もしかしてそれも原因かもな。夢見がちっぽいし、幻想抱いてるみたいだし。俺は運命の相手だとか前世がどうのとか言ってたっけ。処女みたいだし、精液でもぶっかけてやりゃ、少しは目が覚めたかな」

「西条君…」

相変わらず西条の貞操観念はゆる過ぎる。その上耳をふさぎたくなるような発言を平気でする。改めて西条の過去が透けて見えて複雑な気分になった。今は西条は自分以外と寝ていないようだが、基本的にセックスを愛の営みと思っていない節がある。

「エッチなことは…、す…好きな人としかしちゃいけないんだよ…」

半分悔しい気持ちもあって、小声でそう告げてみた。案の定西条は、「何で」と首を傾《かし》げている。

「だって…俺、西条君が他の人と…そういうことしてたら悲しいもの…」

膝《ひざ》を抱えて囁《ささや》くように言った。てっきり西条は「うぜぇ」と返してくるかと思ったが、無言で歩を見つめている。もしかして怒らせてしまったのだろうかと考え、顔を上げると、意外にも真面目な顔つきで西条が見つめている。

「……俺さ、言いたくないけどお前に二度助けられてんだよな」

ふいに自嘲《じちょう》気味に西条に呟かれ、歩は驚いて目を見開いた。多分その一つは先週の飛行機事故のことだろうが、もう一つが分からない。西条とは中学生の時もほとんど交流はなかったし、再会してからもたいしたことはしていないのに。橋から落ちそうになった時のことだろうか。

「この前の飛行機のと…あと中学の時、高台に上ってたらいつの間にか後ろにいやがったよな」

高台、と言われて記憶が蘇《よみがえ》った。西条の姿を見つけて勝手について行ってしまった日のことだ。

「あん時、俺死のうと思って高いところ上ってた」

「え…っ!!」

びっくりしたあまり、わずかに腰を浮かしてしまった。まさか西条がそんな悲壮な思いを抱いて高台に上っていたとは思わなかった。顔を強張らせて西条を見つめると、西条はベッドに頭を載せてため息を吐いた。

「何か、もういろいろ面倒になって、死んじまおーかなと思ってたのに、お前がいきなり現れて居座るじゃん。何だ、こいつ？　って苛々《いらいら》してたな。しかもやっと帰ってくれるかと思ったら、変な葉っぱが詰まったビニール袋押しつけていくしさ」

「あ、あれは山菜だよぅ…」

「あんなもん持たされて死ねるわけねーだろ。脱力して家、帰ったよ。これが一度目。二度目がこの前の飛行機のヤツ。お前って俺が死ぬのを邪魔する使命でも背負ってんのかね」

淡々と話しているが、死のうとまで思いつめたというのはよほどのことだ。あの日西条が死を考えていたなんてまったく気づいていなかった。偶然とはいえ、山菜を渡して正解だった。今頃ぞっとしてきて、歩は青ざめた。

「どうしてあの時、死のうとしたの…？」

理解できなくて歩は潜めた声で聞いた。

「……前に言ったろ。祈禱中に坊主が死んだって。あの日のことだよ」

西条の言葉にずきりと胸が痛んで、歩は身体を震わせた。

「俺の家の家系は男子が長生きしない。小さい頃から聞かされてた。そういうもんなんだって分かってたけど、目の前で祈禱中の坊主が泡吹いて倒れて意識不明になったの見たら、すげぇショックだった。偶然だって母親は言い張ってたけど、思えるわけねーよ。俺のせいで死んだって思うに決まってるだろ。だから自分なんかいないほうがいいんじゃねーかと思ったんだよ。

たいした命じゃねーし…」

　無表情に告げる西条を見つめ、歩はショックで後頭部を殴られたような気分になった。

　今まで、西条のことをまったく理解していなかったと思い知ったのだ。

　西条が頑《かたく》なに霊の話を拒んだこと――除霊を嫌がる理由が、今頃分かった。西条は自分のために、また誰かの命が奪われるのではないかと恐れた。誰とも仲良くなろうとしなかったのだって、どうせすぐ死ぬ命なら、未練を持ちたくないと思ったからだろう。それに自分と関わり合いになって害を及ぼすのを恐れたのかもしれない。

　そして西条が自分にだけは気を許した理由も、やっと意味が呑み込めた。

　自分が死んでいたと思ったからだ。西条が以前、言っていた『死んでたと思ったから』という言葉の意味が今頃理解できる。

　一度死んだ人間だから、気にしなくてもいい、と西条は無意識のうちに考えたに違いない。

　そんなふうに限られた相手としか触れ合えない西条に、胸が締めつけられるように痛くなった。

「俺、中学の時はずっと思ってたよ。生まれてきたくなかったな、って」

　ぽつりと西条がこぼし、歩は全身を震わせた。

「今はもうたまにしか思わないけど、昔からずっと思ってた。何で生まれてきちゃったかなって、あーあ、生まれてこなけりゃよかったなって」

西条の声には少しもいきり立ったところはなかった。ただ淡々と、昼食のメニューでも語るみたいに自分の思いを吐露している。そこに至るまでの西条の葛藤《かっとう》の一端に触れ、歩はぶるぶると身体を震わせた。

「西条君…、お、俺は…っ」

気づいたらぼろぼろと涙がこぼれていた。我慢することなど無理で、大声を上げて泣きじゃくってしまった。西条が驚いた顔で見ている。泣けなくなった西条の分まで泣いているみたいな気がして、嗚咽してベッドに突っ伏す。

西条が本当はすごく優しい人間だと分かってしまった。こんなに他人を思いやっていたなんて、ぜんぜん知らなかった。むしろ反対に冷たい人なのではないかとすら思ったこともあるのに。自分がどんなに馬鹿で西条の真意を理解できていなかったかを知り、恥ずかしくてたまらない。西条が可哀相で、いとおしくて泣けてきた。

「何で、泣いてんの…。お前」

西条が呆れた声で歩の背中を撫《な》でる。

「お前ってさぁ…ガキみたいだよな。中学の時から、ぜんぜん成長してない気がするよ。この歳になってそんな号泣、よくできるな。むしろ感心するわ」

茶化すみたいに西条に言われ、首をぶんぶんと振って、肩を震わせて泣き続けた。西条の指が髪を梳《す》いていく。なだめるように髪や肩を撫でられ、余計に涙腺が弛まった。

「お前、泣くとぶさいく度が増すよな…。あーあ、ひでぇ面」

顔を上げてしゃくりあげていると、西条がティッシュを二、三枚引き抜いて手渡してきた。鼻をかみ、赤くなった目元を拭う。

西条が笑った。

「…でも、何でか俺はそれが可愛く見えるんだ。おかしいよな」

目を細めて笑われ、思わず西条に近づき、唇を寄せた。驚いた顔をしている西条に、ちゅっと音を立てて唇を重ねる。唇を離すと、西条が困ったような顔でまた笑った。ゆっくりとその手が伸びて、歩の柔らかい頬を引っ張る。

「えっちなことは……好きな人としかしちゃいけないんだっけ?」

西条の指先が咽《のど》をくすぐり、シャツの間から潜り込んでくる。西条が身を屈め、前髪を掻き上げてそっと額に口づけた。唇は離れたかと思うと再び今度はこめかみに移り、音を立てて、やがて唇に落ちてくる。

「少女漫画か、っつーの。バーカ」

抱き寄せられて首筋を強く吸われた。体温が上がって、歩は西条の首に手を回した。

身体中に口づけられ、気持ちよすぎて声が抑えられなくなった。たかだか一週間触れなかっただけなのに、抱かれるのに飢えているみたいだ。西条に手や唇で愛撫《あいぶ》され、身体が蕩《とろ》けるようだった。唇がふやけそうになるくらい吸われ、舌を絡め合う。

西条が匂いを嗅《か》ぐように鼻先を首筋に擦《こす》りつける。

「あ…あ、あ…っ」

舌でねっとりと耳朶《じだ》を舐《な》められ、鼻にかかった声が漏れた。西条の手のひらが胸元を撫で回す。指先は尖った乳首にひっかかり、摘《つま》んでは離れていく。

「さ、西条君…っ」

身体をうつぶせにされ、西条が思いがけない行動に出た。歩の尻《しり》たぶを広げ、蕾《つぼみ》に舌を這《は》わせてきたのだ。

「や…っ、やめ、て…っ、汚いよ…っ」

ざらりとした舌で尻の穴を何度も舐められ、歩は腰を引くつかせて訴えた。西条がそんな真似をすると思っていなかったので、衝撃で身体が震えてしまった。汚いと言っているのに、西条は平気で唾液《だえき》を垂らして蕾を舌で突いてくる。

「ひ…っ、ん、あ…っ、ひゃ、あ…っ」

指で蕾を広げながら舌で愛撫され、急速に熱が高まっていた。特に舌先が広げた穴に潜り込もうとすると、恥ずかしくて気持ちよくて甲高い声が引っ切り無しに漏れた。

「舐められるの、気持ちいいんだな…。すげぇ、お前の前びしょびしょじゃん」

尻から顔を離し、西条が弛んだ尻の穴に指を入れて唇の端を吊り上げる。指先で前立腺を擦られ、ぞくぞくと快楽が迫り上がってきた。

「あ…ぅ、う…っ、あ…っ」

潤いが足りなくなると、また西条が舌を這わせ、蕾を濡らしてくる。乳首もそうだが、尻の蕾も舌で愛撫されると、信じられないくらい感じてしまう。そんなところを舐められて恥ずかしいという思いが、よりいっそう感度を高めている気がする。

「あー、お前の中熱い…」

指を増やし、襞《ひだ》を探りながら西条が呟く。歩は尻だけを掲げた状態で、シーツに乱れた吐息を散らした。西条の指が時おり感じる場所を擦り上げていく。そのたびにびくっと腰が震え、前から蜜《みつ》がとろりと垂れてくる。

「ひ…っ、ひゃ、あ…っ、あ…っ」

ぐりっ、ぐりっ、と西条の指が根元まで潜ってきて奥を刺激する。最初は前立腺だけが感じても、長く穴を刺激されているうちに全体が気持ちよくなってきてしまう。もう西条の指を二本呑み込み、歩は甘い声を吐き出すだけだった。

「西条君、もう入れて…っ」

指で奥を掻き回され、耐え切れず歩は口走った。西条の空いた手が袋を撫で、勃起《ぼっき》した性器に絡んでくる。

「まだ早いだろ、三本入れるとキツイし…」

西条の手が性器を軽く扱《しご》くと、濡れた音が響いた。

「あ…っ、あっ、も…っ、欲しいよ…、西条君ので広げて…っ」

熱に浮かされてそんな言葉を口走ると、西条が動かしていた指を止めて、ずるりと引き抜く。

「…お前、そんなやらしい言葉、どこで覚えてくんの？」

西条の腕に引っ張られ、シーツの上に仰向《あおむ》けにされる。息を乱して西条を見上げると、西条の腰のモノが隆々と反り返っているのが目に入ってじんと腰が疼《うず》いた。

身体がすごく変だ。西条の硬くて熱いモノが欲しくてたまらない。

「ほら…、今もすごいやらしい顔してる…」

西条が重なってきて上唇を舐めてきた。追いかけるように舌を出して絡ませた。まるで咎《とが》めるみたいに乳首を強く摘まれて、ひくんと身が震える。

「お、俺…西条君しか知らないもの…。分かんないよ…」

紅潮した顔で呟くと、食《は》むように唇を舐め回された。西条が興奮した顔で乳首を弄《いじ》り、深いキスを仕掛けてくる。いつ終わるとも知れぬディープなキスを続けられ、西条の唾液も飲み込んでしまった。恥ずかしいのに興奮して、息が荒くなってしまう。

「入れるぞ…」

思う存分口づけた後、西条が顔を離し、歩の足を抱え上げてきた。濡れた先端が蕾に当てられ、鳥肌が立つ。

「んぅ…っ、や、あ…っ、ひ…っ」

ずぶずぶと西条の猛《たけ》ったモノが潜り込んできた。西条の言うとおりまだそこは狭く、西条をみっちりと包み込んでいる。狭い穴を無理に広げられ、痺れるような熱さが全身を襲った。痛みにも似た感覚なのに、甘い声が上がって仕方ない。

「あ…っ、あ…っ、入っちゃ、う…っ」

西条の熱をあらぬ場所に銜《くわ》え込み、身を仰《の》け反らせて呻《うめ》いた。西条は歩の足を大きく広げ、ゆっくりと腰を進ませてきた。

「きつ…、最初の時みたい…、は…っ」

西条が息を荒げながら、少しずつ腰を埋めてくる。内部を深く侵入してくる熱に、歩は大きく息を吸い込んだ。とたんに、ぐっと根元近くまで性器を埋め込まれた。

「ひゃ、ああ…っ!!」

西条の動きが止まり、互いの荒い息遣いが響いた。繋がっている部分が強烈な熱さを生んでいる。身動きもとれないほど中を犯され、目が潤む。西条と繋がっている。それが気持ちよくて満たされるようだった。

「はぁ…っ、は…っ、痛くねーか…?」

気遣うみたいに西条が歩の勃起した性器に触れてきた。そこは挿入の衝撃にも萎《な》えた様子はなく、むしろ西条の指に触れられ今にも達してしまいそうになった。

「だ、駄目…っ、触らないで…っ、イっちゃうから…っ」

はぁはぁと息を吐き、歩は上擦った声で告げた。西条が薄く笑って手を離し、撫で回すように歩の太ももに触れる。

「セックスって…気持ちいいな。お前とヤるの本当に気持ちいいよ…」

甘い声で囁き、西条が歩の足を抱え直してくる。ぐっと足を胸に押しつけられ、西条が腰を軽く揺すり始めた。

「ひゃ…っ、あ…っ、あ…っ」

入り口の辺りを優しく揺さぶられ、歩はとろんとした顔で喘《あえ》ぎ声を上げた。自分の身体で西条が気持ちよくなっていると思うと、それだけで全身が震えてしまう。

「あ…っ、は…っ、はぁ…っ、好き…っ、西条君…っ」

内部を硬いモノで擦られ、喘ぎながら好きだと口走った。もう気持ちよすぎて頭が白くなっていく。もっと激しく揺さぶって欲しいと言うと、西条がぺろりと舌で唇を舐めた。

「あ、ひぁ…っ、あ…っ、ああ…っ、うあ…っ」

西条の動きが急に激しくなり、深く腰を突き上げられた。硬いモノで感じる場所を擦られ、甲高い声を上げまくる。ベッドがぎしぎしと揺れ、歩はシーツをぐしゃぐしゃにした。

「あ…っ、うあ…っ、気持ちい…っ、やぁ…っ、そこ、駄目…っ」

容赦なく腰を突き上げられ、感じすぎて顔を歪めて嬌声《きょうせい》を上げる。西条は駄目だというところを執拗《しつよう》に擦り続け、歩の声を大きくさせた。

「はは…、もうどろどろだ…、お前のここ…」

ぐちゃぐちゃに中を突き上げて、西条が指先でぴんと性器をはじく。それすらも感じてしまって、歩は生理的にこぼれた涙を拭った。

「も…っ、もう出ちゃう…っ、やぁ…っ、や…っ」

引きつれた声を上げると、西条が意地悪するように腰をゆっくりと動かし始めた。ぬるーっと性器を引き出され、同じくらいのスピードで内部をえぐってくる。遅い動きに銜え込んでいる内部が激しく収縮するのが分かった。もう何をされても感じてしまう。

「ひ、ひ…っ、あ…っ、ひ…っ」

四肢を震わせて、汗ばんだ身体で身悶《みもだ》える。西条はわざとゆっくり動かした後に、律動を速めて歩を翻弄《ほんろう》した。

「あー…っ、あー…っ、や、ああ…っ、はひ…っ」

西条の動きに乱されて、真っ赤な顔で身を仰け反らせた。西条が屈み込んで唇を重ねてくる。

「ん…っ、んぅ…っ、う…っ、はぁ…っ」

懸命に西条のキスに応《こた》え、首にしがみついた。西条は唇を吸うようにしながら、小刻みに腰

を揺すってくる。

「んく…っ、う…っ、はぁ…っ、あ…っ」

歩は甘い声を上げてひくりと腰を震わせた。ふいに西条が顔を離し、大きな手を歩の性器に絡めてくる。

「ひゃ、あああ…ッ!!」

そのまま激しく上下に扱かれ、歩は我慢できずに絶頂を迎えた。西条の手を汚し、腹や胸に精液を飛び散らせる。同時に銜え込んだ西条のモノをきつく締め上げ、四肢を震わせた。

「う…っ、く、はぁ…っ」

ぎゅーっと西条のモノを締めつけたせいか、西条が引きずられる形で中で達したのが分かった。じわっと奥が熱くなり、内部がひくつく。西条は最後の一滴まで搾《しぼ》り取るように歩の性器を扱き、何度も内部を痙攣《けいれん》させてきた。

「ひ…っ、ひ…っ。は、あ…っ、はぁ…っ、はぁ…っ」

もう出すものがなくなると、歩は弛緩してシーツにぐったりと身を預けた。まだ内部が波打っている。中にいる西条が気持ちよくて仕方ない。けれど西条は息を荒げて腰を引き抜いてしまう。まだ抜かないで欲しいのに。そんな思いが西条を見つめる目に表れていたらしい。

西条が肩で息をしながら、歩の唇を吸ってきた。

「今夜は朝までするか…?」

してほしい、というように西条の首に腕を回すと、熱い抱擁が返ってきた。

朝の光の中で目覚めると、すぐ近くに穏やかな寝息を立てる西条がいて満たされた気持ちになった。

西条はぐっすり眠っていて、歩が身じろいでも起きる気配はない。もしかしたら歩と離れていた間ろくに眠れていなかったのかもしれない。しばらく寝顔を見つめ、歩はシャワーを浴びるためにベッドからそっと這い出した。西条は今日は休みだと言っていたから起こさなくてもいいだろう。歩はシャワーを借りて昨夜の汚れを落とすと、キッチンに立って朝食を作り始めた。冷蔵庫を覗《のぞ》くと、一週間前に入れておいた食材が丸ごと残っている。西条は料理をしないから、使われずに賞味期限が切れている肉や魚がいくつもあった。こんなことなら冷凍庫に入れておけばよかったと悔やみ、歩は使える食材で朝食を作った。

朝食を作り終えても西条は目覚めない。きっと疲れているのだろうと思い、皿にラップして置いておいた。

それからチラシの裏に西条への書き置きを残していく。

――キリエさんのところへ行ってみます。

ボールペンが見つからず、太いマジックで書くしかなかった。とりあえずこれで意味は通じるだろう。

やはりどうしてもキリエのことが気になるので、一人でも出かけようと決意した。西条を今苦しめているのは間違いなくキリエという女性の生霊《いきりょう》だ。彼女を何とかしなければこの苦しみは永遠に続く。所在地は父から教えてもらっているので、これから出かけるつもりだ。昨夜の話では西条は顔を合わせたくないだろうから、一人で行くしかない。

お邪魔しました、とそっと呟いて西条の部屋を出て行くと、歩は財布を握り締めて歩き出した。


キリエは同じ県内に住んでいた。けれど家を見つけるよりも、二度ほど遠目に姿を見ただけなのでちゃんと本人と判別できるかどうかのほうが心配だった。しかも二度とも生きているキリエなのか、生霊状態のキリエなのか分からない。

(ちょっと不気味な人なんだよなぁ…)

教えられた家のチャイムを押し、歩は戦々恐々としてキリエが現れるのを待った。キリエの住む家は二階建ての一軒家だった。築年数はかなり経っているようで、全体的に古びている。

庭も雑草が生い茂り、錆《さ》びたおもちゃが転がっているし、壁もところどころ剝《は》げてあまり美しい家とは言いがたい。それよりも気になるのは汚れた窓だ。すべての窓が暗いカーテンで覆われて中が見えないようになっている。

(西条君の実家も暗かったけど、こっちも別の意味で暗いなぁー)

家全体を見ると、だいたいその家の状況がよく分かる。こんなふうに暗い雰囲気をかもし出している家では、空き巣や不幸が起こりやすいはずだ。どんよりと湿った空気に包まれた家の中では、いさかいも絶えない。笑う門には福が来るというが、その反対で多分笑顔の消えた家なのだろう。

(キリエさんかぁ…)

いくら不気味でも女性なのだから腕力的に負ける気はしないが、歩の話を聞いてくれるかどうか不安だ。なるべく和やかに話を進め、西条の存在に執着するのはよくないことだと説得しなければならない。聞く耳をもってくれるといいのだが。

『どなたですか』

門の前で待っていると、ややあって年配の女性の声がインターホン越しに聞こえてきた。

「あ、あの天野《あまの》という者ですが、キリエさんご在宅ですか」

緊張しつつ問いかけると、しばらく沈黙が訪れた。

『キリエなら近くの公園にでも行ってると思いますけど…』

億劫《おっくう》そうな声が返ってきて、礼を言って歩は家を離れた。

近くの公園、と聞かされしばらく辺りをうろついていると、池のある公園を見つけた。ここだろうかと思いつつ中に入ると、砂場の傍《そば》で主婦たちが固まって何か話し込んでいた。

「ほら、またあの子よ。ちょっと通報したほうがいいんじゃない？」

「あっ、元太《げんた》、あっち行っちゃ駄目よ。怖いおねーさんがいるから」

聞くともなしに気になる会話が耳に飛び込み、歩は思い切って主婦たちのほうに近づいた。

「あ、あのすみません。今の話って…あのキリエさんて人じゃ…？」

歩が尋ねてみると、主婦たちが戸惑った顔で頷く。くわしく話を聞いてみると、以前から彼女が猫やカラスを虐待しているのを目撃している人がいて、近所では危険人物として近づかないようにと噂し合っているようだ。警察も何度か彼女を訪れたそうだが、あまり抑止効果は得られてないらしい。何だか話を聞いていて歩も憤ってしまい、やはりこんなことは止めさせなければと意気込んでキリエを捜した。

公園は思ったよりも広く池を中心に曲がりくねった地形になっていた。長い黒髪の女を捜し回りながらうろうろしていると、木々が生い茂った辺りから嫌な感じがした。気のせいかと思ったが一瞬猫の鳴き声が聞こえ、慌ててそちらへ駆けつける。昨日の雨のせいか地面は湿ってぬかるんでいる。道から外れ奥へ進むと、水溜《みずたま》りの近くに女がうずくまっているのが見えた。

長い黒髪の女だ。

ぞわっと背筋に震えが走り、歩は駆け出した。何だかとてつもなく嫌な予感がして、全力で走り出す。枯れ木を踏む音に気がついたのか、女が振り返った。

地面に猫が押さえつけられていた。そして女の手には果物ナイフが握られている。

「やめろ!!」

体当たりするつもりで走り抜けたが、ぶつかる手前で女がサッと立ち上がり、勢い込んで走っていた歩は地面に転がってしまった。

「いって…!!」

泥だらけになって立ち上がると、女に押さえつけられていた猫はよろよろと立ち上がり、片方の足を引きずりながら逃げていく。女はなおも猫を追いかけようとしたが、歩がその前に立ちふさがった。

「もうこんなことは止めてください!」

女に向かって大きな声で怒鳴りつける。目の前にいるのがキリエだと歩は疑いもしなかった。長い黒髪に青白い顔。どんよりした目をしている。最初に西条を霊視した時に現れた黒い影はこの女だ。笑えばけっこう美人だと思うが、にこりともしないでナイフを握っているその姿は不気味でしかなかった。

「西条君に嫌がらせするために猫を殺すなんて、間違ってます。西条君も迷惑してます」

歩を無視して立ち去ろうとしたキリエに、歩は尖った声ではっきり聞こえるように告げた。

西条の名に反応してキリエが振り向く。

「嫌がらせなんてしてない。あれは希一《きいち》にあげるお供物よ」

細くかすれた声で呟かれ、歩は唖然《あぜん》としてキリエを見つめた。供物って何だ？

「希一にはたくさんの血が必要なの。そうすれば前世の記憶が蘇って、あたしを迎えに来てくれるから。あんた、何？　まさかあたしと希一を邪魔するルシファーなの？」

絶句して歩はキリエを凝視した。さすがに歩もこういった相手は初めてで、どうやって返していいか分からない。今頃になって西条が話が嚙み合わない、といった意味がよく分かった。

（こ、この人、で…、電波だ…!!）

冷や汗を流して歩は咳払《せきばら》いして気持ちを落ち着けようとした。キリエの言動にまどわされてはいけない。

「俺はあなたが西条君を呪い殺そうとしてるのを知ってます。呪いなんて無意味です。もうやめてください」

キリエを凝視しながら気づいた。キリエはもともと妄想癖のある女のようだが、それにプラスして不成仏霊にたくさん取り憑かれている。これでは電波と呼ばれても仕方ないくらいまともな生活は送れないだろう。何とかして目を覚まさせなければならない。

「希一は一度死ななければならないのよ、そうしなければ前世の記憶を呼び戻せないの。邪魔しないで」

ナイフの刃を歩に向けてキリエが言い放つ。もう話している内容は破綻しすぎてわけが分からない。それよりも恐ろしい形相でナイフを向けているほうが問題だった。腕力で勝っているといっても、もともと喧嘩《けんか》の経験も少ない歩は、刃物を持った相手との戦闘は純粋に怖かった。けれどこのまま逃げるわけにはいかない。

「ナイフをしまってください！」

「あたしと希一の仲を引き裂こうとしても無駄よ！」

食い合わない叫び声を放って、キリエが近づいてくる。拳を握って身構えると、背後から怒鳴り声が聞こえてきた。もしかしたら誰か通報してくれたのかもと安堵しかけたとたん、馴染《なじ》んだ声が「この馬鹿！」と歩を震わせた。

「西条君‼」

振り返ると西条が駆けてくるのが視界に入る。西条は険しい顔つきで、真っ直ぐに歩とキリエに向かって走ってきた。ハッとしたのは歩だけではなく、キリエも同じだった。

「もういい加減にしろ！」

足音も荒く歩の傍を通り過ぎると、西条がナイフを握っているキリエの手首をぐっと掴んだ。そしてびっくりするくらい派手な音を立てて、キリエの頬を殴った。キリエは衝撃でその場に倒れ、ちょうど背後にあった岩に頭を打って気絶してしまった。

「さ、さ、西条君…っ‼」

いくらなんでも若い女をぐーで殴るのは乱暴すぎないかと焦ったが、その半面西条のかっこよさに痺れてもいた。びくびくしながらキリエと相対していた自分とは雲泥の差だ。

「俺は女も容赦なく殴る」

平然として西条が答え、険しい顔つきで歩を振り返った。

「お前も勝手にこいつに会いに行ってんじゃねぇよ！　心配するだろ！」

「ご、ごめんなさいぃ…」

大声で叱《しか》られて、びくりと身を竦《すく》める。もしかしたら書き置きを見て、心配して追いかけてくれたのだろうか。胸がじーんとする。

「あ、あのでも…大丈夫？　生きてる？」

西条に追いかけてきてもらえたのは嬉しいが、岩に頭を打ったままキリエは動かない。もし死んでしまったら正当防衛は成り立つだろうかと怯えていると、西条が屈み込んでキリエの胸倉を摑んだ。

「おい、起きろ」

キリエの頬を平手で叩いて西条が揺さぶる。頭を打っているのだし、揺すらないほうがと焦ったが、呻《うめ》き声を上げてキリエが目を覚ました。

「う…う…」

頭が痛むのかキリエが朦朧とした顔で西条を見つめる。

「あ…、あなたを真に愛してるのは私なのよ！　目を覚まして!!」

まだ謎の言葉をつづるキリエに、西条が顔を歪めた。

「うるせぇ!!　お前、キモいんだよ!!」

びりびりくるような声で西条が一喝した。さすがにキリエも息を呑んでいる。

「いいか、よく聞け。俺の運命の相手はこいつだった。お前の相手は別にいるから、とっとと捜しに行け」

不機嫌そうな声で西条がキリエにまくしたてる。運命の相手、と言われて歩は真っ赤になって胸を昂《たか》ぶらせた。キリエに合わせて言っているだけだと分かっていても、顔の火照《ほて》りは治まらない。

「な…っ、何言ってるの!?　そいつは男よ!!」

胸倉を摑まれ、キリエは啞然とした顔で西条を見ている。

「男だろうと何だろうとお前の百倍、いや千倍可愛いんだから仕方ないだろう。言っとくがな、お前みたいなキモ女、用はねーんだよ」

西条の凄んだ顔つきにキリエが怯えた。

「分かったか？　こいつに手を出したらぶっ殺すぞ、てめぇ」

ぞくりとするほどの殺気を放って西条がキリエを地面に突き飛ばす。キリエは呆然とした顔でよろめきながら立ち上がり、西条と歩を交互に見た。

その時、すうっとキリエの中から黒い影が抜けていくのが見えた。キリエに憑いていた悪霊が数体去っていく。

「な、何…よ、あんたなんか、あたしの相手じゃないわ！　死ねホモ!!」

甲高い声を放って、キリエがその場から逃げるように立ち去った。肉体的な衝撃と、精神的な衝撃が上手《うま》い具合に重なって、キリエに取り憑いていた霊が離れたようだ。

「西条君、すごい…」

多分歩が説得してもこうは上手くいかなかった。偶然とはいえ西条の行動に自分も救われた。この先あのキリエという女がどうなるのかは分からないが、とりあえずもう西条に関わることはないだろう。

「お前、怪我はないだろうな…？」

キリエが去ったのを確認して西条が歩の身体を抱き寄せる。西条の胸に耳を押しつけると、西条の鼓動が速まっている。西条が自分を心配してくれたのが分かって、胸が熱くなった。めったに甘い言葉など口にしない西条だが、本当に自分を大切にしてくれている。

西条が好きだ。大好きだ。全身で叫びたい気分に駆られ、ぎゅっとしがみついた。

「西条君、俺のことやっぱり好きでしょ…？　お、俺、運命の相手なんだぁー!!」

西条の愛をひしひしと感じ、浮かれてつい言わなくていいことまで口走ってしまった。とたんにげんこつが頭に振ってきて、身体を引き離される。

「調子に乗んな。何かムカつく」

げんこつは痛かったが、西条の顔が赤くなっていたので怒る気になれなかった。


次の日歩に拝み倒されて、西条が渋々と昭光のところへ出向いてくれた。西条は未だ霊関係の話は拒絶したいようだが、一連の事件があって歩の言うことだけは信じると決めてくれたようだ。昭光の霊視によると、西条家の男子が早死にするのは西条家の先祖がある一族の男子を虐殺したせいだという。今でも恨みをもっている不成仏霊たちがいて、その霊が周囲の悪いものを引き寄せるのだそうだ。先祖に恨みをもつ霊たち自体にそれほど力がなくても、キリエのように念の強い女性が出てきて命を落とすケースが多いという。

悪い霊が悪い霊を引き込む連鎖方式だ。嫌な考えに陥ると、どんどん悪い想像をしてしまうのと一緒だろう。西条は渋っていたが、昭光なら大丈夫だと説得して除霊をしてもらった。西条家に恨みを持つ一族の霊はなかなか手ごわく、除霊には三日ほどかかった。

だがそれが無事終わっても、それですべて丸く収まるというわけではない。年に一度でもいいから西条に一族の霊を弔うようにとお達しがあった。それを怠らなければ、早死にの業《ごう》からは逃れられると昭光は断言してくれた。

西条はすべて信じたわけではないようだが、歩が傍にいる限り、無理やりにでも弔わせることができる。

「まぁ…気のせいか身体は軽くなったよな…」

昭光の除霊が終わった後、西条もそれだけは認めていた。西条には最後まで言わなかったが、除霊が終わった後は、初めて会った時からまとわりついていた黒い影が綺麗さっぱり消えていた。長年の鬱屈《うっくつ》が晴れて、すがすがしい気分だ。

「あのアパートを選んだのは、偶然じゃないぞ」

昭光と二人きりになった時、ぽつりと呟かれ、歩は驚いて目を見開いた。実家に戻り愛犬クロのブラッシングをしていた歩に、昭光が複雑そうな顔で話し出す。

「お前の住んでる部屋、人がいつかない難あり物件だったんだ。多分隣人のせいだな。お前が将来俺の跡を継ぐつもりなら、これくらいの事件、解決できなくちゃ困ると思って決めたんだが。まさか男相手に恋が生まれるとはなぁ…」

「そ、そうだったの？　父さん、隣に住んでいた西条君が俺が中学の時助けたかった相手だって分かってたの？」

びっくりして聞き返すと、少し間が空いた後、昭光が大声で笑い出した。

「当たり前じゃないか、俺は千里眼だぞ！」

少し間があったので、多分そこまでは分かっていなかったのだろう。相変わらず調子のいい昭光の言葉に苦笑し、歩は自分の未来に思いを馳《は》せた。

以前は大勢の人を助けたいと考えていた歩だが、最近は反対に一人の人だけでも助けられればいいと思うようになっていた。西条の傍にいて、ずっと見守っていたい。それが自分の最優先すべきものになっている。

だがその一方で、不安もあった。

今の西条に自分はもう必要ないのではないか、これから西条は家族を持って新しい人生をスタートするべきなのではないか、と考え始めると、西条の傍にいるのが苦しくなった。今度はまるで自分が西条の幸せを邪魔する存在に思えてくる。

西条を好きな気持ちに嘘偽りはないが、自分が西条を幸せにできるかは自信がない。もともと西条は女性を好きなわけだし、一度も好きだと言われたわけでもない。このまま身を引くべきだろうか。

そんな悩みを抱えていたある日、歩は猫を抱えて西条の部屋に出向いた。かごの中の黒猫は、以前キリエに殺されかかった猫だ。一時は危なかったが、今はすっかり元気になっている。

「何だ、その猫は？」

帰宅した西条は黒猫を見て愕然《がくぜん》とした顔になった。

「お帰り。あのね、やっと退院できたんだ。ほら以前言ってた西条君の家の前に捨てられてた猫。引き取り手がいないから連れてきたの」

黒猫は西条の姿を見ても、歩の背後からなかなか出てこない。人見知りが激しいというより、キリエに虐待されて人間不信になっているのかもしれない。自分を傷つけない人だと認識するまでは心を許せないのだろう。まったく鳴き声を発しない黒猫を憐《あわ》れに思って、歩は膝の上に載せて身体を撫でた。黒猫は歩を助けてくれた人と認識しているみたいで、従順だ。

「それで何で俺の家に連れてくるんだ。だいたいここはペット禁止だろ」

歩の隣に腰を下ろして西条がバッグをごそごそと探る。

「だって俺、いつもここにいるんだもの。あっ、でも大丈夫。バイト代が出たから、猫の砂とか餌《えさ》とか買ってきたし。世話に関しても、昔飼ってたから安心して任せて」

「お前、本当に勝手だな…まぁいいけど。それにしてもペットか…」

バッグから雑誌を取り出した西条がぶつぶつ呟きながらページをめくる。覗いて驚いた。賃貸情報の雑誌を見ている。

「西条君、引っ越すの…？」

真剣に雑誌を眺めている西条に不安になって問いかけた。せっかく隣になれたのに、西条が出て行ってしまうなんて悲しい。あまり遠くへ引っ越すようだったら、なかなか会えなくなるのではないか。

「ああ。狭いし、この前一階の奴にうるさいって文句言われたから」

平然と西条に言われ、びっくりした。一階の住人に文句を言われていたとは知らなかった。

「そんなにうるさくしてたっけ？」

「してるだろ。夜にぎしぎし」

雑誌から目を逸らさずに西条が答える。最初意味が分からなかったが、ちらりと見つめられ意味が呑み込めた。ベッドを鳴らす音がうるさいと言われたのだ。

「う、うわぁ…、ここ隣だけじゃなくて下も聞こえちゃうの…？」

真っ赤になって黒猫の背中に顔を埋め込んだ。黒猫は嫌がらなかったので頬ずりする。

「ペット可なとこ探さないとな…」

ページをめくりながら西条が呟き、いくつかの物件にペンで丸をした。猫も連れて行ってくれるのだと知りホッとしたが、遊びにいってもいいよね、という一言がなかなか言い出せない。

その時、西条が思いがけない言葉を告げた。

「――一緒に暮らすか？」

何気なく言われた言葉に、背筋が震えて胸がいっぱいになった。あまりに感極まって声も出せずにいると、西条が歩に視線を向けて苦笑する。

「お前ほとんど俺んちにいるだろ。ご飯作ってくれんなら、家賃はいいよ。俺のほうが給料高いし」

すぐにでも頷きたかったが、本当にいいのだろうかという思いも過《よ》ぎって答えられずにいた。自分の存在は西条にとって邪魔ではないのか。このまま一緒にいて迷惑ではないか。西条と暮らせたらすごく嬉しいが、半面西条の時間を奪っているのではないかと心配になる。

「何だよ、嫌なのか？　嫌って顔じゃねーだろ」

無言になってしまった歩に西条が雑誌を閉じて尋ねてくる。

「嬉しいよ、嬉しいけど…。俺、一緒にいてもいいのかな…。ご飯作るだけだったら…別の女の子探したほうがいいんじゃないかな…」

俯いて告げると、西条が驚いた顔で見つめてくる。

「お前、俺のこと好きなんじゃないのか？」

「好きだよ！　好きだけど……西条君から、好きって言ってもらったことないし…」

言いながらどんどん情けなくなってきて、泣きそうになってしまった。これではまるで言葉をねだっているようだ。言葉だけがすべてではないと思っているのに。急に自分がちっぽけでつまらない人間に思えて悲しくなった。

「言ってほしいのか？」

西条の腕が肩に回り、歩は驚いて顔を上げた。もしかして言ってくれるのだろうか、と甘い期待を込めて見つめると、西条に唇をふさがれた。

「……もったいないから言わない」

唇が離れ、笑いながら西条に告げられた。言ってくれると思っていたので、がっかりして目が潤んできた。西条はこんな時まで意地悪だ。一緒に暮らそうかと言ってくれるくらいなら、嘘でもいいから好きだと言ってくれればいいのに。

「——十年くらいしたら、言ってやる」

耳朶を食まれて、西条が甘い声で囁いた。

思わずハッとして、真っ赤な顔で西条を見つめた。我慢しようと思っていた涙がこぼれ、西条を食い入るように見つめる。

西条が十年先の未来を思い描いてくれた。

そしてその時自分も傍にいていいのだと言ってくれた。

嬉しくて涙がぶわっとあふれてくる。何という甘い約束。身体中が熱くなって、涙が頰をいくつも伝わった。

好き、という気持ちが分からないと言っていた西条が、特別にくれた言葉。

「一緒に住むだろ?」

指先で歩の目元を拭って西条が笑う。何度も頷いて西条に抱きつくと、ニヤアと鳴き声を上げて黒猫が逃げていった。

あとがき

こんにちは&はじめまして。夜光《やこう》花《はな》です。

お読みいただきありがとうございます。今回は受けをうざがる攻めというのにチャレンジしてみました。単に今のブームが受けを「うざっ」と言い放つ攻めだっただけなんですが。うざいうざいと言いつつ、西条《さいじょう》は他の人が歩《あゆむ》をうざいというと怒ってしまうんですよ。自分はいいけど他の人は駄目みたいな屈折した愛情です。

たまには受けが攻めをラブな話にしようと思い、切ない片想いを目指そうとしたんですが、歩の性格がぽやーんだったので切ないのせの字も感じられない話になってしまいました。

霊関係の話でしたけど、ぜんぜん怖くなかったと思います。それもこれも歩の性格ゆえに…。もっとシリアス調の主人公にすれば、緊迫感とか出たのかもしれないですね。まぁでも西条君にはこういうタイプがあってるんじゃないかということで…。

それにしても霊っているんですかね。こんなの書いておいてなんですが、まるで霊感ない人間なので見たことないから分かりません。でも霊体験とか聞くの大好きです。ホラー映画も好き。霊がいるかどうかは分かりませんが、作中で「とり憑《つ》かれる」って打ってる時に、そういえばどうしてこんな漢字があるのかなと不思議に思いました。絶対いないならそんな漢字あるわけないですよね。というわけでやっぱりいるんじゃないかと思います。そう、あなたの背後に…。なんつって。

今回イラストは小山田《おやまだ》あみ先生に描いてもらえました。キャラでは二度目です。すごい昔からファンなので超嬉《うれ》しいです！　ラフを見てやはり上手い方だわ～と興奮しました。西条がイメージ通りで、もう痒《かゆ》いところに手が届くというか、要求以上の絵を上げてくださって、ますます惚《ほ》れてしまいます。歩も可愛いし表紙もよいけど口絵も素敵！　と一人身悶《みもだ》えてしまいました。まだ中は見てないので出来上がるのが楽しみです。

担当さま。忙しい中いろいろとありがとうございました。またもやタイトルをお願いしてしまいすみません。素敵なタイトルで嬉しいです。担当さまの霊話すごく面白かったのでまたしてください。

読んでくださった方にもありがとうございます。もしよかったら感想など聞かせてくれると嬉しいです。これからもがんばりますので、どうぞよろしくお願いします。

では次の話で会えることを願って。

夜光　花

この本を読んでのご意見、ご感想を編集部までお寄せください。

《あて先》〒141－8202　東京都品川区上大崎3－1－1　徳間書店　キャラ編集部気付
「不浄の回廊」係

【読者アンケートフォーム】

QRコードより作品の感想・アンケートをお送り頂けます。

Chara公式サイト http://www.chara-info.net/

■初出一覧

不浄の回廊

【キャラ文庫】

2006年9月30日　初刷
2022年6月25日　4刷

著　者　夜光　花

発行者　松下俊也
発行所　株式会社徳間書店
〒141-8202　東京都品川区上大崎3-1-1
電話　049-293-5521（販売部）
　　　03-5403-4348（編集部）
振替　00140-0-44392

印刷・製本　図書印刷株式会社
カバー・口絵　近代美術株式会社
デザイン　海老原秀幸
編集協力　押尾和子

ISBN978-4-19-900504-6

好評発売中

夜光 花の本
【シャンパーニュの吐息】
イラスト◆赤りょう

10年前に死んだ弟がなぜ目の前に――!? レストランのオーナー・矢《や》上《がみ》が出逢ったのは、店で働くギャルソンの瑛司《えいじ》。綺麗で儚げな容姿は生き写しでも、瑛司の明るく快活な性格は弟と正反対だった。未だ弟の死を悔やむ矢上は、別人だと頭では否定しながらも瑛司に惹かれていく。そんなある日、矢上は瑛司への想いを抑えられず抱いてしまうが…!? この腕の中にいるのは誰?――ミステリアス・ラブ。

好評発売中

夜光 花の本
【君を殺した夜】
イラスト◆小山田あみ

「ここから飛び降りたら、お前を好きになってやる」。10年前、幼馴染みの聡《さとし》の告白に幸也《ゆきや》が出した条件だ。何においても優秀な聡が妬ましくて、酷く傷つけたかったのだ。そんな幸也が勤める中学に、聡が新任教師として赴任してきた。聡は「お前に罪の意識があるなら、身体で償え」と、幸也に強引に迫る。けれど、聡は辛辣な言葉とは裏腹に、優しく幸也を抱きしめてきて…!?

好評発売中

夜光花の本

【天涯の佳人】

イラスト◆DUO BRAND.

天才的な津軽三味線の技と音色——加々美《かがみ》達央《たつお》は無名の若手三味線奏者だ。地方の大会での達央の演奏に、青年実業家の浅井《あさい》祐司《ゆうじ》は一瞬で虜に！　その稀有な才能に心を囚われ、「君を必ず檜舞台に立たせる」とスポンサーを名乗り出る。成り行きで同居を申し出た浅井は、恋人にするような優しさで達央に接してくる。ところが、浅井を独占する達央を妬むライバルが現れて…!?

キャラ文庫既刊

■英田サキ
[DEADLOCK]
[DEADHEAT DEADLOCK2]
[DEADSHOT DEADLOCK3]
[SIMPLEX DEADLOCK外伝] CUT高階 佑

■秋月こお
[やってらんねェぜ!]全6巻
[セカンド・レボリューション やってらんねェぜ!外伝]
[アーバンナイト・クルーズ やってらんねェぜ!外伝2]
[酒と薔薇とジェラシーと やってらんねェぜ!外伝3]
[許せない男 やってらんねェぜ!外伝4] CUTこいでみえこ
[王様な猫]
[王様な猫のしつけ方 王様な猫2]
[王様な猫の陰謀と純愛 王様な猫3]
[王様な猫と調教師 王様な猫4]
[王様な猫の戴冠 王様な猫5] CUTかすみ涼和
[王朝春宵ロマンセ]
[王朝夏曙ロマンセ 王朝春宵ロマンセ2]
[王朝秋夜ロマンセ 王朝春宵ロマンセ3]
[王朝冬陽ロマンセ 王朝春宵ロマンセ4]
[王朝唐紅ロマンセ 王朝ロマンセ外伝]
[王朝月下繚乱ロマンセ 王朝ロマンセ外伝2]
[王朝綺羅星如ロマンセ 王朝ロマンセ外伝3] CUT唯月 一
[要人警護]
[特命外交官 要人警護2]
[駆け引きのルール 要人警護3]
[シークレット・ダンジョン 要人警護4]
[暗殺予告 要人警護5]
[日陰の英雄たち 要人警護6] CUT緋色れーいち
[本日のご葬儀] CUTヤマダサクラコ
[幸村殿、艶にて候①〜④] CUT九號

■洸
[機械仕掛けのくちびる] CUT須賀邦彦
[刑事はダンスが踊れない] CUT香雨
[花陰のライオン] CUT宝井さき
[黒猫はキスが好き] CUT汞りょう
[囚われの脅迫者] CUT DUO BRAND.
[深く静かに潜れ] CUT長門サイチ
[パーフェクトな相棒] CUT亜樹良のりかず

■いおかいつき
[恋愛映画の作り方] CUT高久尚子
[交番へ行こう] CUT桜城やや
[死者の声はささやく] CUT亜樹良のりかず
[美男には向かない職業] CUT DUO BRAND.
[好きなんて言えない!] CUT 有馬かつみ

■五百香ノエル
[キリング・ビータ]
[偶像の資格 キリング・ビータ2]
[暗黒の誕生 キリング・ビータ3]
[静寂の暴走 キリング・ビータ4]
[GENE《ゲーン》 天使は裂かれる] CUT麻々原絵里依
[望郷天使 GENE2]
[紅蓮の稲妻 GENE3]
[宿命の血戦 GENE4]
[この世の果て GENE5]
[愛の戦闘《たたかい》 GENE6]
[螺旋運命 GENE7]
[心の扉 GENE8]
[天使はうまれる GENE9] CUT金ひかる
[白皙] CUT須賀邦彦

■斑鳩サハラ
[僕の銀狐]
[押したおされて 僕の銀狐2]
[最強ラヴァーズ 僕の銀狐3]
[狼と子羊 僕の銀狐4] CUT越智千文

[月夜の恋奇譚] CUT吹山りこ
[今夜こそ逃げてやる!] CUTこうじま奈月

■池戸裕子
[アニマル・スイッチ] CUT夏乃あゆみ
[TROUBLE TRAP!] CUT蜂倉かずや
[課外授業のそのあとで] CUT史堂 櫂
[勝手にスクープ!] CUTにゃおんたつね
[社長秘書の昼と夜] CUT果桃なばこ
[あなたのいない夜] CUT椎名咲月
[部屋の鍵は貸さない] CUT鳴海ゆき
[共犯者の甘い罪] CUT宝井さき
[エゴイストの報酬] CUT新井サチ
[恋人は三度嘘をつく] CUT新藤まゆり
[特別室は貸切中] CUTともさか高子
[容疑者は誘惑する] CUT梅沢はな
[狩人は夢を訪れる] CUT汞りょう
[夜叉と獅子] CUT羽根田実

[工事現場で逢いましょう] CUT有馬かつみ

■岩本 薫
[13年目のライバル] CUT Lee

■烏城あきら
[発明家に手を出すな] CUT長門サイチ
[スパイは秘書に落とされる] CUT羽根田実
[檻 ―おり―] CUT今 市子

■榎田尤利
[ゆっくり走ろう] CUTやまかみ梨由
[歯科医の憂鬱] CUT高久尚子
[ギャルソンの躾け方] CUT宮本佳野
[アパルトマンの王子] CUT緋色れーいち
[理髪師の、些か変わったお気に入り] CUT二宮悦巳

■鹿住 槙
[優しい革命] CUT橘 皆無
[甘える覚悟] CUT穂波ゆきね

キャラ文庫既刊

【愛情シェイク】 CUT高群 保
【微熱ウォーズ 愛情シェイク2】 CUT高群 保
【別嬪レイディ】 CUT大和名瀬
【囚われた欲望】 CUT椎名咲月
【甘い断罪】 CUT不破慎理
【ただいま同居中!】 CUT夏乃あゆみ
【ただいま恋愛中! ただいま同居中!2】 CUT夏乃あゆみ
【お願いクッキー】 CUT北畠あけ乃
【独占禁止!?】 CUT宮城とおこ
【となりのベッドで眠らせて】 CUT椎名咲月
【君に抱かれて花になる】 CUT真生るいす
【ヤバイ気持ち】 CUT穂波ゆきね
【恋になるまで身体を重ねて】 CUT宮本佳野
【遺産相続人の受難】 CUT鳴海ゆき
【天才の烙印】 CUT宝井さき
【兄と、その親友と】 CUT夏乃あゆみ

■金丸マキ
【恋はある朝ショーウィンドウに】 CUT椎名咲月

■川原つばさ
【泣かせてみたい①〜⑥】
【ブラザー・チャージ 泣かせてみたいシリーズ】
【キャンディ・フェイク 泣かせてみたいシリーズ2】 CUT禾田みちる
【天使のアルファベット】 CUT極楽院櫻子
【プラトニック・ダンス】全6巻 CUT沖麻実也

■神奈木智
【地球儀の庭】 CUTやまかみ梨由
【王様は、今日も不機嫌】 CUT雁川せゆ
【その指だけが知っている】
【左手は彼の夢をみる その指だけが知っている2】
【くすり指は沈黙する その指だけが知っている3】
【そして指輪は告白する その指だけが知っている4】
【その指だけは眠らない その指だけが知っている5】 CUT小田切ほたる
【ダイヤモンドの条件】
【シリウスの奇跡 ダイヤモンドの条件2】
【ノワールにひざまずけ ダイヤモンドの条件3】 CUT須賀邦彦
【無口な情熱】 CUT椎名咲月
【征服者の特権】 CUT明森びびか
【御所泉家の優雅なたしなみ】 CUT円屋榎英
【甘い夜に呼ばれて】 CUT不破慎理
【密室遊戯】 CUT羽根田実
【若きチェリストの憂鬱】 CUT二宮悦巳

■剛しいら
【追跡はワイルドに】 CUT緋色れーいち
【雛供養】 CUT須賀邦彦
【顔のない男】
【見知らぬ男 顔のない男2】
【時のない男 顔のない男3】 CUT北畠あけ乃
【青と白の情熱】 CUTかすみ涼和
【仇なれども】 CUT今 市子
【色重ね】 CUT高口里純
【赤色サイレン】
【赤色コール 赤色サイレン2】 CUT神崎貴至
【蜜と罪】 CUTタカツキノボル
【恋愛高度は急上昇】 CUT亜樹良のりかず
【君は優しく僕を裏切る】 CUT新藤まゆり
【シンクロハート】 CUT小山田あみ
【マシン・トラブル】 CUT笹生コーイチ
【命いただきます!】 CUT麻生 海

■ごとうしのぶ
【水に眠る月 —夢見の章—】
【水に眠る月② —霧雨の章—】
【水に眠る月③ —黄昏の章—】 CUTLee
【熱情】 CUT高久尚子

■榊 花月
【午後の音楽室】 CUT依田沙江美
【白衣とダイヤモンド】 CUT明森びびか
【ロマンスは熱いうちに】 CUT夏乃あゆみ
【永遠のパズル】 CUT山田ユギ
【もっとも高級なゲーム】 CUT汞りょう
【ジャーナリストは眠れない】 CUTヤマダサクラコ
【光の世界】 CUT片岡ケイコ
【市長は恋に乱される】 CUT北畠あけ乃
【恋人になる百の方法】 CUT高久尚子
【冷ややかな熱情】 CUTサクラサクヤ
【狼の柔らかな心臓】 CUT亜樹良のりかず
【つばめハイツ102号室】 CUT富士山ひょうた
【夜の華】 CUT高階 佑

■佐倉あずき
【1/2の足枷】 CUT麻生 海

■桜木知沙子
【ささやかなジェラシー】 CUTビリー高橋
【ご自慢のレシピ】 CUT椎名咲月
【となりの王子様】 CUT夢花 李
【金の鎖が支配する】 CUT清瀬のどか
【解放の扉】 CUT北畠あけ乃
【プライベート・レッスン】 CUT高星麻子
【ひそやかに恋は】 CUT山田ユギ
【ふたりベッド】 CUT梅沢はな

■佐々木禎子
【ロッカールームでキスをして】 CUT高久尚子
【最低の恋人】 CUT蓮川 愛
【したたかに純愛】 CUT不破慎理
【ニュースにならないキス】 CUT水名瀬雅良

キャラ文庫既刊

【秘書の条件】 CUT史堂 櫂
【遊びじゃないんだ！】 CUT鳴海ゆき
【花嫁は薔薇に散らされる】 CUT由貴海里
【蜜の香り】 CUT新藤まゆり
【極悪紳士と踊れ】 CUT汞りょう
【ミステリ作家の献身】 CUT高久尚子

■篠 稲穂
【熱視線】 CUT夏乃あゆみ
【Baby Love】 CUT宮城とおこ

■秀香穂里
【くちびるに銀の弾丸】 CUT祭河ななを
【くるぶしに秘密の鎖 くちびるに銀の弾丸2】 CUT高久尚子
【チェックインで幕はあがる】 CUT山田ユギ
【虜《とりこ》】 CUT宮本佳野
【挑発の15秒】 CUT海老原由里
【誓約のうつり香】 CUT長門サイチ
【灼熱のハイシーズン】 CUT亜樹良のりかず
【禁忌に溺れて】 CUT新藤まゆり
【ノンフィクションで感じたい】 CUTサクラサクヤ
【艶めく指先】 CUT彩
【烈火の契り】 CUT新藤まゆり
【他人同士】全3巻

■愁堂れな
【身勝手な狩人】 CUT蓮川 愛
【ヤシの木陰で抱きしめて】 CUT片岡ケイコ
【十億のプライド】 CUT汞りょう
【愛人契約】 CUT水名瀬雅良
【紅蓮の炎に焼かれて】 CUT金ひかる
【やさしく支配して】 CUT香雨
【花婿をぶっとばせ】 CUT高久尚子
【誘拐犯は華やかに】 CUT神葉理世
【伯爵は服従を強いる】 CUT羽根田実

【コードネームは花嫁】 CUT汞りょう
【怪盗は闇を駆ける】 CUT由貴海里
【屈辱の応酬】 CUTタカツキノボル
【金曜日に僕は行かない】 CUT麻生 海
【行儀のいい同居人】 CUT小山田あみ

■菅野 彰
【毎日晴天！】
【子供は止まらない 毎日晴天！2】
【子供の言い分 毎日晴天！3】
【いそがないで。 毎日晴天！4】
【花屋の二階で 毎日晴天！5】
【子供たちの長い夜 毎日晴天！6】
【僕らがもう大人だとしても 毎日晴天！7】
【花屋の店先で 毎日晴天！8】
【君が幸いと呼ぶ時間 毎日晴天！9】
【明日晴れても 毎日晴天！10】
【夢のころ、夢の町で。 毎日晴天！11】 CUT二宮悦巳
【野蛮人との恋愛】
【ひとでなしとの恋愛 野蛮人との恋愛2】
【ろくでなしとの恋愛 野蛮人との恋愛3】 CUTやしきゆかり
【高校教師、なんですが。】 CUT山田ユギ

■春原いずみ
【とけない魔法】 CUTやまねあやの
【チェックメイトから始めよう】 CUT椎名咲月
【白檀の甘い罠】 CUT明森びびか
【氷点下の恋人】 CUT片岡ケイコ
【恋愛小説のように】 CUT香雨
【赤と黒の衝動】 CUT夏乃あゆみ
【キス・ショット！】 CUT麻々原絵里依
【舞台の幕が上がる前に】 CUT禾田みちる
【神の右手を持つ男】 CUT有馬かつみ
【銀盤を駆けぬけて】 CUT須賀邦彦

■染井吉乃

【嘘つきの恋】
【蜜月の条件 嘘つきの恋2】
【誘惑のおまじない 嘘つきの恋3】 CUT宗真仁子
【ハート・サウンド】
【ボディ・フリーク ハート・サウンド2】
【ラブ・ライズ ハート・サウンド3】 CUT麻々原絵里依

■高岡ミズミ
【この男からは取り立て禁止！】 CUT桜城やや
【ワイルドでいこう】 CUT紺野けい子
【愛を知らないろくでなし】 CUT長門サイチ
【愛執の赤い月】 CUT有馬かつみ
【夜を統べるジョーカー】 CUT実相寺紫子
【お天道様の言うとおり】 CUT山本小鉄子

■篁釉以子
【バックステージ・トラップ】 CUT松本テマリ
【真夏の合格ライン】
【真冬のクライシス 真夏の合格ライン2】 CUT明森びびか
【ショコラティエは誘惑する】 CUT円屋榎英

■たけうちりうと
【泥棒猫によろしく】 CUT史堂 櫂

■月村 奎
【そして恋がはじまる】
【いつか青空の下で そして恋がはじまる2】 CUT夢花 李
【アプローチ】 CUT夏乃あゆみ

■遠野春日
【眠らぬ夜のギムレット】
【ブルームーンで眠らせて 眠らぬ夜のギムレット2】 CUT沖麻実也
【ブリュワリーの麗人】 CUT水名瀬雅良
【高慢な野獣は花を愛す】 CUT汞りょう

キャラ文庫既刊

【華麗なるフライト】CUT麻々原絵里依
【砂楼の花嫁】CUT円陣闇丸
【恋は饒舌なワインの囁き】CUT羽根田実

■火崎 勇
【恋愛発展途上】CUT蓮川 愛
【三度目のキス】CUT高久尚子
【ムーン・ガーデン】CUT須賀邦彦
【グッドラックはいらない!】CUT果桃なばこ
【お手をどうぞ】CUT松本テマリ
【カラッポの卵】CUT明森びびか
【寡黙に愛して】CUT北畠あけ乃
【運命の猫】CUT片岡ケイコ
【名前のない約束】CUT香雨
【書きかけの私小説】CUT真生るいす
【最後の純愛】CUT宝井さき
【ブリリアント】CUT麻々原絵里依
【メビウスの恋人】CUT紺野けい子
【愚か者の恋】CUT有馬かつみ
【楽天主義者とボディガード】CUT新藤まゆり

■菱沢九月
【小説家は懺悔する】
【小説家は束縛する 小説家は懺悔する2】CUT高久尚子
【夏休みには遅すぎる】CUT山田ユギ
【本番開始5秒前】CUT新藤まゆり
【セックスフレンド】CUT水名瀬雅良
【ケモノの季節】CUT汞りょう
【年下の彼氏】CUT穂波ゆきね

■ふゆの仁子
【太陽が満ちるとき】CUT高久尚子
【年下の男】CUT北畠あけの
【Gのエクスタシー】CUTやまねあやの
【恋愛戦略の定義】CUT雪舟 薫
【フラワー・ステップ】CUT夏乃あゆみ
【ソムリエのくちづけ】CUT北畠あけ乃

【プライドの欲望】CUT須賀邦彦
【偽りのコントラスト】CUT水名瀬雅良
【薔薇は咲くだろう】CUT亜樹良のりかず
【ベリアルの誘惑】CUT高階 佑
【愛、さもなくば屈辱を】CUT汞りょう

■松岡なつき
【声にならないカデンツァ】CUTビリー高橋
【ブラックタイで革命を】
【ドレスシャツの野蛮人 ブラックタイで革命を2】CUT緋色れーいち
【センターコート】全3巻 CUT須賀邦彦
【旅行鞄をしまえる日】CUT史堂 櫂
【GO WEST!】CUTほたか乱
【NOと言えなくて】CUT果桃なばこ
【WILD WIND】CUT雪舟 薫
【FLESH & BLOOD①~⑪】CUT雪舟 薫

■真船るのあ
【オープン・セサミ】
【楽園にとどくまで オープン・セサミ2】
【やすらぎのマーメイド オープン・セサミ3】CUT蓮川 愛
【恋と節約のススメ】CUT橘 皆無

■水原とほる
【青の疑惑】CUT彩
【午前一時の純真】CUT小山田あみ
【ただ、優しくしたいだけ】CUT山田ユギ

■水無月さらら
【お気に召すまで】CUT北畠あけの
【永遠の7days】CUT真生るいす
【視線のジレンマ】CUT Lee
【恋愛小説家になれない】CUT史堂 櫂
【なんだかスリルとサスペンス】CUT円屋榎英
【正しい紳士の落とし方】CUT長門サイチ
【オトコにつまずくお年頃】CUT汞りょう
【シャンプー台へどうぞ】CUTせら

【社長椅子におかけなさい】CUT羽根田実
【オレたち以外は入室不可!】CUT梅沢はな
【九回目のレッスン】CUT高久尚子

■水壬楓子
【桜姫】
【ルナティック・ゲーム 桜姫2】
【ミスティック・メイズ 桜姫3】CUT長門サイチ
【シンプリー・レッド】CUT汞りょう

■夜光 花
【シャンパーニュの吐息】CUT汞りょう
【君を殺した夜】CUT小山田あみ
【七日間の囚人】CUTあそう瑞穂
【天涯の佳人】CUT DUO BRAND.
【不浄の回廊】CUT小山田あみ

■吉原理恵子
【二重螺旋】
【愛情鎖縛 二重螺旋2】
【攣哀感情 二重螺旋3】CUT円陣闇丸

〈2008年11月27日現在〉